Die Betschwester

Christian Fürchtegott Gellert

Herausgeber: Culturea (34, Hérault)
Druck: BOD - In de Tarpen 42, Norderstedt (Deutschland)
Website: http://culturea.fr
Kontakt: infos@culturea.fr
ISBN:9791041909810
Veröffentlichungsdatum: FEBRUAR 2023
Layout und Design: https://reedsy.com/
Dieses Buch wurde mit der Schriftart Bauer Bodoni gesetzt.

ER WIRT MIR GEBEN

Lustspiel

Personen.

Frau Richardin, eine alte und reiche Witwe.

Christianchen, ihre Tochter.

Lorchen, ihre weitläuftige Befreundinn.

Simon, Christianchens Bräutigam.

Ferdinand, Simons Brautwerber.

Erster Aufzug

Erster Auftritt

Jungfer Lorchen. Herr Ferdinand.

LORCHEN. Was ich Ihnen sage. Sie können die Frau Muhme itzt nicht sprechen. Sie hat ihre Andacht. Und ich wollte nicht viel nehmen; im engeren Sinn ist Geld nehmen = sich bestechen lassen (Adelung.)

FERDINAND. Mein Gott! die gute Frau. Ich mag kommen, wenn ich will, so hat sie ihre Andacht. Heute Vormittage wollte ich zu ihr; da war Betstunde. Nun komme ich nach Tische; so hat sie wieder ihre Betstunde.

LORCHEN. Es ist nicht anders. Ihr Leben ist ein beständiges Gebet.

FERDINAND. Das Beten ist ein wichtiges Stück der Religion. Allein es gibt ja noch andere Pflichten, die ebenso nötig und ebenso heilig sind. Sie wird doch nicht Tag und Nacht beten, das will ich nicht hoffen.

LORCHEN. Nein, sie wechselt ab. Wenn sie nicht beten will: so singt sie. Und wenn sie nicht mehr Lust zum Singen hat: so betet sie. Und wenn sie weder beten noch singen will: so redet sie doch vom Beten und Singen.

FERDINAND. Nun, das muß ich bekennen. Ich habe mir wohl sagen lassen, daß meine Frau Muhme sehr fromm ist. Ich habe es auch geglaubt. Allein ihr stetes Beten und Singen bringt mich fast auf die Gedanken, daß sie nicht fromm ist, sondern nur fromm scheinen will. Sie möchte sich immer ein Gebet machen lassen, um des Abends die Sünde zu verbeten, die sie den Tag über mit Beten und Singen begeht. Stets beten, heißt nicht beten, und den ganzen Tag beten, ist so strafbar, als den ganzen Tag schlafen.

LORCHEN. Mein lieber Herr Ferdinand, lassen Sie doch Ihren Eifer nicht an mir aus. Sie kennen mich ja wohl, da ich ehemals die Ehre gehabt, einige Zeit in Ihrem Hause zu leben. Es ist niemand weniger mit der Andacht der Frau Muhme zufrieden als ich. Sie betet uns oft um das Mittagsessen; und nie ist sie andächtiger, als um die Stunde, da die Köchin das

Marktgeld holen will. Sie hat ihr schon aus frommem Eifer zweimal das Gebetbuch an den Kopf geworfen, weil sie so unverschämt gewesen ist und sie im Singen gestört hat.

FERDINAND. Ich lerne meine Frau Muhme immer besser kennen. Es würde ein sehr mittelmäßiges Glück für Herrn Simonen sein, wenn er mit seiner künftigen Frau Schwiegermutter in einem Haus wohnen sollte. Sie würde ihn entweder bald aus dem Hause oder bald ins Grab beten. Überhaupt geht sie mit ihm und mit mir sehr wunderbar um. Sie hat verlangt, daß wir zu ihr kommen und das Jawort wegen der Heirat mit ihrer Jungfer Tochter abholen sollen. Wir sind von Berlin hieher gereiset. Wir sind schon vier Tage hier. Und alle Tage hat sich ein Hindernis finden müssen, dem Herrn Simon das versprochene Ja zu erteilen. Morgen müssen wir wieder fort. Und der heutige Tag ist endlich zu der Versprechung angesetzt. Gleichwohl sehe ich noch wenig Anstalt dazu.

LORCHEN. Gedulden Sie sich nur bis um vier Uhr, wenn ich bitten darf. Eher nimmt die Frau Richardin keinen Besuch an. Und eher sie sich in ihrer Nachmittagsandacht stören läßt, eher läßt sie Herrn Simonen und zehn andre Freier wieder fortreisen.

FERDINAND. Ich weiß wohl, daß wir erst um vier Uhr herbestellt sind. Allein ich habe noch verschiedenes wegen der Aussteuer mit meiner Frau Muhme auszumachen, und solche Sachen muß man vor dem Jaworte in Richtigkeit bringen. Haben Sie also die Güte und lassen Sie mich melden.

LORCHEN. Das kann ich nicht wagen. Die Andacht geht bei ihr über alles. Sie setzt uns beide in die Ketzerhistorie, wenn wir sie stören. Sie zweifelt ohnedem sehr an der Aufrichtigkeit meiner Tugend, weil ich so eitel bin und zuweilen in dem »Zuschauer« oder sonst in einem weltlichen Buche, wie sie zu reden pflegt, lese.

FERDINAND. So wollen Sie mich nicht melden lassen?

LORCHEN. Sobald es viere schlägt; so will ich Sie melden. Denn ebendiese Stunde hat sie zu weltlichen Geschäften, und also auch zu dem Jaworte, ausgesetzt. Doch um fünf oder längstens um sechs Uhr muß alles getan sein. Länger hält sie sich nicht auf. Denn nach dem kommen zwo von ihren Klientinnen in der Andacht zu ihr, die sie mit erbaulichen Neuigkeiten unterhalten.

FERDINAND. Also wird sie uns wohl nicht zu Tische behalten?

LORCHEN. Ich zweifle sehr daran. Sie hält gar nicht viel auf das Essen. Fasten und Beten ist ihr Gesetz und ihr Vergnügen. Und wenn sie etwas in der Religion zu befehlen hätte: so würde sie alle Fest-, Sonn- und Aposteltage zu Fasttagen machen, so sehr liebt sie die Enthaltung vom Essen und Trinken.

FERDINAND. Wie ich merke, so mag ihr diese Tugend sehr natürlich sein. Meine Frau Muhme wird vielleicht das Fasten lieben, weil sie geizig ist.

LORCHEN. Das will ich eben nicht sagen. Wer ihr aber vorwirft, daß sie das Ihrige nicht zu Rate hält, der kann diese Verleumdung in Ewigkeit nicht verbeten.

FERDINAND. Reden Sie nicht so durch Umschweife mit mir, mein liebes Jungfer Lorchen, sondern tun Sie, als wenn die Frau Richardin meine Frau Muhme nicht wäre! Sie leben schon ein Jahr in ihrem Hause und müssen mir die beste Beschreibung von ihr machen können. Ich habe die gute Frau vor drei Tagen in meinem Leben zum ersten Male gesehen. Und ich hoffe, daß mir der Abschied von ihr nicht sauer werden soll. Machen Sie mir doch einen kleinen Charakter. Denn, wie ich glaube, so mag es mit ihrer großen Frömmigkeit eben nicht so richtig sein, als mir die Leute gesagt haben.

LORCHEN. Wer die Tugend in den Mienen und auf den Lippen zu suchen gewohnt ist, der kann der Frau Richardin ihren Ruhm unmöglich absprechen. Alles ist fromm an ihr; ihre Mienen, ihre Sprache, ihr Gang, ihre Kleidung. Kurz, alles stimmt an ihr mit der Andacht überein. Sie ist eine Feindin aller Eitelkeit, und sie hält mit der größten Demut an den ehrbaren Sitten ihrer Vorfahren.

FERDINAND. Das letzte höre ich gern. Ich bin ein großer Freund von den unschuldigen Sitten unserer Voreltern. Und wenn meine Frau Muhme nur ein gutes Herz hat: so will ich ihr die Unrichtigkeit in ihren Meinungen gern übersehen.

LORCHEN. Geben Sie nur recht Achtung auf sie. Sie werden die Sitten ihrer Großgroßeltern noch unversehrt an ihr finden. Alle Schnitte von Kleidern und Hauben, wie sie vor funfzig Jahren gebräuchlich gewesen sind, behält sie standhaft bei. Und ehe sie den kleinen Fischbeinrock, den langen Pelz und die niedrigen Absätze fahren ließe: ehe bestätigte sie die Unschuld dieser Sitten mit ihrem Tode.

FERDINAND. Sind dieses die frommen Sitten der Alten? Dies sind ja ihre Moden.

LORCHEN. Die Frau Richardin weiß es besser. Wer sich trägt, wie die Alten gingen, der ist ehrbar und sittsam. Und wer zehn oder zwölf Jahre in einem Kleide gehen kann, der ist demütig und sanftmütig.

FERDINAND. Das ist eine treffliche Moral! Meine Frau Muhme sollte ein ganzes Buch von den Kennzeichen der Tugenden schreiben. Ich glaube, sie spräche allen Leuten den Himmel ab, die ihre Kleider dem Willen der Mode und der Schneider überlassen. Sagen Sie mir nur, was sie den ganzen Tag macht.

LORCHEN. Dieses kann ich ihnen leicht sagen. Allein Sie werden allezeit denken, ich erzähle Ihnen eine Fabel. Gegen acht Uhr steht sie auf. Und sobald sie den Fuß in den Pantoffel setzet: so fängt sie auch an zu singen. Singend nun kämmt sie zuerst den Mops. Singend versorget sie ihre Katze. Singend füttert sie den Kanarienvogel. Singend besucht sie ihre beiden brabantischen Hühner. Und sobald es neune schlägt: so hört sie auf zu singen, wenn es auch mitten in dem Gesätze eines Liedes wäre.

FERDINAND. Warum denn das?

LORCHEN. Es ist ihre Ordnung so. Sie will stundenweise, und nicht anders, singen und beten. Sobald es also neune schlägt, so läuft sie, was sie kann, damit sie, ehe es ganz ausschlägt, schon an ihrem Gebettische sitzt.

FERDINAND. Der Himmel nähme es gewiß nicht übel, wenn sie auch erst nach dem Schlage käme. Sie kann wohl nie spät genug kommen.

LORCHEN. Von neun bis zehn Uhr liest sie erst drei Morgensegen.

FERDINAND. Warum denn drei, und nicht mehr oder weniger?

LORCHEN. Weil sie drei verschiedene Gebetbücher hat, die ihr alle drei gleich lieb und die auch alle drei mit Silber beschlagen sind. Eins hat sie von ihrer seligen Frau Pate zum Geschenke, eins von ihrem seligen Manne vor vierzig Jahren zum Mahlschatze und das dritte aus dem väterlichen Erbe bekommen. – Dieses letzte ist, wie sie erzählt, in drei Häusern mit abgebrannt und doch keinmal verbrannt. Die Schalen sind zwar etwas versehrt worden; allein dem Drucke hat das Feuer mit aller seiner Macht nichts anhaben können.

FERDINAND. Der Buchbinder muß gewiß nicht so fromm als der Buchdrucker gewesen sein, weil der Band nicht im Feuer ausgehalten hat.

LORCHEN. Um des Himmels willen! Ich höre jemanden oben auf dem Saale reden. Wenn es vier geschlagen hat: so ist's gewiß die Frau Muhme. Ich muß gehen. Denn wenn sie mich mit Ihnen allein sähe: so würde sie nicht viel Gutes von uns denken.

Zweiter Auftritt

Frau Richardin. Ferdinand.

FRAU RICHARDIN. Sind Sie schon da, Herr Vetter? Das ist mir lieb.

FERDINAND. Ja, liebe Frau Muhme, ich habe mit Fleiß geeilt, Ihnen meine Aufwartung zu machen, weil wir ohnedem vor der Versprechung noch eins und das andre wegen des Brautschatzes zu reden haben. Diesen Punkt wollen wir unmaßgeblich gleich in Richtigkeit bringen.

FRAU RICHARDIN. Ach! lieber Herr Vetter, wenn ich nur auch heute zu einer Sache geschickt wäre, die so viele Überlegung erfordert. Ich muß meine Umstände wohl in Erwägung ziehen. Ich bin gar nicht so reich, als mich die Leute ausschreien. Ich muß erst sehen, was ich entbehren kann. Und gleichwohl bin ich heute so unruhig, daß ich meine Umstände schwerlich mit Bedacht werde übersehen können. Wieviel Sorge und Not macht einem nicht die Welt! Das gottlose Volk kommt gar und stört einen im Beten, in der größten Andacht; da soll man nicht unwillig, nicht betrübt in seiner Seele werden!

FERDINAND. Ja, ja, die Welt ist böse. Aber liebe Frau Muhme, wir müssen morgen unumgänglich wieder fort, das ist Ihnen bekannt. Sie haben uns drei Tage nacheinander auf den heutigen Tag vertröstet. Und Herr Simon würde zu bedauern sein, wenn er eine so weite und kostbare Reise hätte umsonst tun sollen.

FRAU RICHARDIN. Nein, nein, das nicht! Aber, bedenken Sie nur, Herr Vetter, ob man nicht alle Gelassenheit verlieren muß. Ich lese gleich in der Bibel: so kommt ein Bettler und klopft ordentlich an meinem Vorsaale an und stört mich in der größten Andacht.

FERDINAND. Es ist nicht recht. Doch der arme Mann wird nicht gewußt haben, daß Sie in der Bibel lesen.

FRAU RICHARDIN. Ich lese ja laut, recht laut, damit ich alle Leute in meinem Hause durch meine Erbauung erbaue. Hätte er das nicht hören können? Der gottlose Bettler! Ein noch so junger Mensch schämt sich nicht zu betteln! Die Ruchlosigkeit war recht in seinem Körper abgezeichnet. Warum kann er denn nicht arbeiten, wenn er nichts zu leben hat? Ein Hochedler Rat sollte doch auch das Bettlermandat ... Ich mag nicht reden. Ich habe mich geärgert, daß ich zittre.

FERDINAND. Ich bedaure Sie, Frau Muhme. Aber Sie tun sich durch Ihren Zorn Schaden. Denken Sie nicht daran! Wir wollen zur Sache kommen, und die Mitgift ...

FRAU RICHARDIN. Man möchte vor Ärgernis des Todes sein. Es ist kein Zorn. Ich eifre nur über die Bosheit des Bettlers, der aus Faulheit, aus Wollust müßig geht und andre Leute in der Andacht stört und sie um ihren Nährpfennig bringen will. Eine Hand ohne Finger! Nun? Es war ja nur die linke. Kann er denn nicht mit der rechten arbeiten? Diese war ja so gesund als dic mcinige. Ich will nicht richten; aber wer weiß, warum ihn Gott so gezeichnet hat, an dem rechten Fuße war er auch lahm. Die Ruchlosigkeit und ein krüpplichter Körper sind immer beisammen. Vergebe mir's Gott! Ich will gerne gelogen haben.

FERDINAND. Liebe Frau Muhme, urteilen Sie nicht so strenge. Vielleicht hat dieser Unglückselige ein gutes Herz gehabt. Und wie Sie mir ihn beschrieben haben: so kann er wohl schwerlich arbeiten.

FRAU RICHARDIN. So, wenn er auch nicht arbeiten kann, soll er mich denn in der Andacht stören? Soll ich meine Gedanken von himmlischen, von überirdischen Dingen abziehen und sie auf einen irdischen Menschen, auf einen Krüppel, einen elenden Wurm richten? Denn was sind wir Menschen denn anders? Würmer, arme boshafte Würmer sind wir.

FERDINAND. Ja, ja. Aber das Gebot zu beten schließt das Gebot der Liebe und des Mitleidens nicht aus.

FRAU RICHARDIN. Nein, bete und arbeite! Dieses sollen alle Menschen tun. Niemand soll dem lieben Gott die Tage abstehlen, noch andern ehrlichen Leuten durch sein unverschämtes Betteln das Leben und die Erhaltung ihres Hauses sauer machen. Der gottlose Mensch!

FERDINAND. Doch, wir sollen ja wohltun. Wir sollen andern beistehen und das Weh und die Anzahl der Elenden zu verringern suchen. Und ich dächte, Werke der Liebe wären so nötig als die Andacht. Ja ich weiß nicht anders, als daß Liebe und Mitleiden notwendige Folgen der Andacht und der Erhebung unsers Geistes zu Gott und zu unsern Pflichten sind. Die Armen sind doch eben sowohl nötig auf der Welt als die Reichen.

FRAU RICHARDIN. Alles gut! Alles wahr! Man muß geben. Man muß förderlich und dienstlich sein. Aber man muß erst an die Seinigen, an sein Haus, an sich und seine armen Kinder denken. Wissen Sie, wer ärger als ein Heide ist? Wer seine Kinder nicht versorgt; wer das Seinige wegwirft. Eben durch die Gutheit macht man nur mehr Bettler, denn man wird endlich darüber selbst zum Bettler. Obrigkeitliche Personen sollten allezeit darauf sehen, daß dem heillosen Bettelwesen gesteuert würde.

FERDINAND. Ja doch, Frau Muhme! Sie tun es auch. Aber es gibt ja Leute, die weder Kräfte noch Glieder zur Arbeit haben; oder die durch Unglücksfälle oder durch anderer Leute Geiz und Bosheit um das Ihrige gekommen sind. Sollen denn diese verhungern und aus Sorge, uns durch ihre Bitten um einen Dreier zu bringen, lieber weinen als essen? Doch wir wollen keine theologischen Untersuchungen anstellen. Sie werden die Pflichten der Religion und der Menschenliebe ohne mich wissen. Lassen Sie uns nun zu den Heiratspunkten schreiten! Denn Herr Simon wird gleich da sein und um Ihre versprochene Einwilligung nochmals gehorsamst bitten.

FRAU RICHARDIN. Ja! Es ist ein ganz feiner Mensch. Ich habe nichts an ihm auszusetzen. Wenn mich nur der Bösewicht, der Bettler, nicht so geärgert hätte: so könnte ich doch etwan überlegen, wieviel ich, ohne zu darben, meiner Tochter mitgeben könnte. Da kommt Lorchen. Es wird gewiß wieder etwas geben.

Dritter Auftritt

Die Vorigen. Lorchen.

LORCHEN *zu Frau Richardin.* Sie sollen so gütig sein und einen Augenblick herauskommen. Die Frau Nachbarin will gern ein Wort mit Ihnen sprechen.

FRAU RICHARDIN. Nehmen Sie es nicht übel, Herr Vetter, daß ich Sie auf eine kurze Zeit verlassen muß. Es ist eine Priesterwitwe, der ich einen Liebesdienst erweisen soll. Lorchen, bleiben Sie doch indessen bei dem Herrn Vetter, daß ihm die Zeit nicht lang wird. *Sie geht ab.*

Vierter Auftritt

Lorchen. Ferdinand.

LORCHEN. Wissen Sie wohl, worin der Liebesdienst besteht, den sie der Priesterwitwe erzeigt? Es ist eine rechtschaffene Frau, die keinen Fehler hat, als daß sie blutarm ist. Sie hat eine goldene Kette, als ihren ganzen Reichtum, bei der Frau Richardin für sechzehn Taler versetzt und muß ihr alle Wochen für den Taler einen Pfennig Zinsen geben. In dieser Angelegenheit, nämlich ihre Zinsen abzutragen, kömmt sie alle vierzehn Tage her; denn länger sieht ihr die Frau Muhme nicht nach.

FERDINAND. Ist das möglich, daß Gott erbarm? Meine Frau Muhme soll ein Kapital von dreißigtausend Talern haben, und sie nimmt von so einer armen Frau wöchentlich für sechzehn Taler sechzehn Pfennige Zinsen? Und sie untersteht sich noch, zu beten oder mit dem lieben Gott zu reden?

LORCHEN. Ich glaube auch, daß sie durch ihr vieles Beten sich bloß den Himmel zum Freunde machen will, damit er ihr erlauben soll, nach ihrem Gefallen zu handeln. Soll ich Ihnen etwa weiter erzählen, wie sie den Tag zubringt?

FERDINAND. Ich bitte Sie von Herzen, sagen Sie mir ja nichts mehr! Ich kenne nun meine Frau Muhme völlig, und ich wollte die Ehre, mit einer so heiligen Frau verwandt zu sein, gerne frömmern Leuten überlassen, als ich bin. Wenn es viel solche andächtige Weiber hierzulande gibt: so sollte man erlauben, daß man, der Andacht wegen, auf die Ehescheidung dringen dürfte.

LORCHEN. Ich will es ganz kurz machen. Wir blieben bei den drei Morgensegen stehen. Wenn diese vorbei sind: so liest sie aus den andern Büchern noch drei Gebete, erstlich eins wider die Unkeuschheit, und –

FERDINAND. Meine Frau Muhme muß ja wohl nahe an sechzig Jahre sein?

LORCHEN. Dieses hat nichts zu bedeuten. Ein Gebet also wider die Unkeuschheit, eins wider die Verschwendung, und –

FERDINAND. Eine Frau, die einem Manne, der an Hand und Fuß lahm ist, nicht einen Dreier zu geben sich entschließen kann, betet, daß sie Gott vor der Verschwendung verwahren soll?

LORCHEN. Lassen Sie mich doch ausreden! Eins wider die Verschwendung und eins, daß sie Gott nicht in der Hälfte ihrer Tage wegnehmen soll. Und diese Gebete florieren jahraus, jahrein bei ihr. Und in dieser Andacht darf sie kein Mensch, keine lebendige Seele stören, außer ihr Mops, der hat die Freiheit, auf ihrem Tische und auf den Gebetbüchern herumzuspazieren.

FERDINAND. Hat sie nicht etwa auch die Katze bei sich liegen?

LORCHEN. Jawohl. Die Katze hätte ich bald vergessen. Diese kommt nicht von ihrer Seite. Und die Frau Muhme bleibt beständig dabei, daß das Tier Menschenverstand hätte, weil es ihr im Beten so aufmerksam zuhörte.

FERDINAND. Vielleicht ist es auch die Katze allein, die sie durch ihre Andacht erbaut und betrügt.

LORCHEN. Mit dem Schlage zehn springt sie von ihrem Betstuhle auf und tritt an den Silberschrank und fängt an, aus allen Kräften zu singen. Sie zählt ihr Silberwerk, ihr Geschmeide und ihre Pfänder durch. Sobald sie die geringste Unrichtigkeit findet: so hält sie inne mit Singen und zählt und ziffert mit der Kreide an die Schranktüre. Ist die Sache richtig: so geht ihr holdseliges Singen wieder fort. Nun schlägt es elfe; da nimmt sie einen eisernen Kasten und verschließt sich in ihre Schlafkammer und ...

FERDINAND. Ich höre es schon. Sie wird zählen und dem Himmel ihre Sparsamkeit anpreisen. In Wahrheit, man sollte wünschen, daß die Frau um die Hälfte ihres Vermögens käme, damit sie vernünftig und christlich würde. Es ist ihr größtes Unglück, daß sie reich ist.

LORCHEN. So klingt der Frau Muhme ihre Theologie nicht. Alles, was sie hat, ist ein Segen des Herrn. Und aller dieser Segen ist die sichtbare Belohnung ihrer Frömmigkeit, das ist, ihres Betens und Singens.

FERDINAND. Also ist sie wohl so andächtig, damit der Himmel wieder erkenntlich sein und sie noch reicher machen soll?

LORCHEN. Jawohl. Eben deswegen singt und betet sie alle Stunden, weil sie alle Stunden reicher werden will. Ihre Andacht ist eigentlich ein Vertrag, den sie mit dem lieben Gott in ihren Gedanken gemacht hat, kraft dessen er ihre Kapitalia vermehren, ihre Interessen segnen, und ihr Haus wohl in Acht nehmen soll; dafür will sie ihm den Dienst erweisen, und alle Tage so viel Stunden beten, so viel Stunden singen, und so viel Kapitel in der Bibel lesen.

FERDINAND. Ein solcher Vertrag ist auch recht vernünftig. Auf diese Art weiß man doch, worauf man sich zu verlassen hat, und warum man so andächtig ist. Wir einfältigen Leute sehen die Andacht für ein Mittel an, das uns in der Tugend stärken soll. Allein meine Frau Muhme kennt die Religion besser. Was ist es denn mit der Tugend und mit der Gemütsruhe? Wer kann davon leben? Am besten, wenn man durch seine Andacht die Hand der Vorsicht öffnen kann, daß sie uns Schätze zuwirft.

LORCHEN. Ich wollte auch nicht dafür stehen, daß die Frau Mariane nicht des Tages drei bis vier Stunden von ihrer Hausandacht eingehen lassen sollte, wenn ihr das kleinste Kapital verloren ginge ... Ich höre sie schon reden. Wenn sie wüßte, daß wir von ihrer Andacht sprächen, sie schenkte uns doch ein Gebetbuch.

Fünfter Auftritt

Frau Richardin. Die Vorigen.

FRAU RICHARDIN. Die ehrliche Frau ist in großer Not. Sie hat fünf unerzogene Kinder und in keiner Hand nichts als Armut. Ich weiß nicht, wie die Leute denken. Nichts zu haben, und doch so viel Kinder ... Ich mag nicht reden. So geht es, wenn man nicht nachsinnt. Wir haben ja unsern freien Willen. Ich rede von niemanden etwas Böses; aber die Geistlichen sind doch selten reich und haben immer so viel Kinder. Und sie sollten doch am meisten beten und singen. Und das Gebet verläßt niemanden. Wer an Gott denkt, an den denkt er wieder, und gibt ihm Gutes und die Fülle. Ich will nicht richten. Lorchen, gehn Sie doch und lassen Sie einen Kaffee zurechte machen, damit ich dem Herrn Vetter und dem Herrn Simon etwas vorsetzen kann.

Sechster Auftritt

Frau Richardin. Ferdinand.

FRAU RICHARDIN. Ich bin erschrocken, Herr Vetter, recht sehr erschrocken. Weil ich vorhin mit der Frau Nachbarin auf dem Saale rede: so fällt etwas in meiner Küche. Ich laufe geschwind hinein, da liegt der Suppennapf auf der Erde, aus dem mein seliger Herr alle Morgen seine Suppe aß; denn er war gar nicht nach der Welt. Er trank weder Tee, noch Kaffee. Suppe, bloße Wassersuppe ohne Ei, und nur mit einem Stücken Butter, einer Erbse groß, gemacht, solche Suppe war sein Leben. Und ebendiese zinnerne Suppenschüssel war heruntergefallen, und es war kein Mensch in der Küche. Ach, lieber Gott, was wird dieses Anzeichen bedeuten? Wen wird die Reihe in unserm Hause treffen, mich oder meine Tochter? Ach gütiger Gott, alles nach deinem heiligen Willen, nur nicht in der Hälfte meiner Tage, nur dies nicht.

FERDINAND. Frau Muhme, wer wird so abergläubisch sein? Die Schüssel ist heruntergefallen, weil sie nicht recht gestellt gewesen ist. Wer weiß, wer über der Küche hantieret oder gepocht hat? Machen Sie sich keine Sorge! Das Anzeichen mag über mich gehen, wenn es etwas zu bedeuten hat. Lassen Sie uns itzt wegen des Heiratsvergleichs richtig werden, so ist alles gut.

FRAU RICHARDIN. Ach lieber Gott! Nun höre ich's. Sie glauben auch nichts. Sie haken alles für natürlich. Sie statuieren kein Anzeichen, keine Wunder. Lieber Herr Vetter, sprechen Sie doch zu meiner Ruhe und zur Ehre der Wahrheit, daß es Anzeichen gibt, wenn Sie es auch im Herzen nicht glauben. Ich wollte Ihnen tausend Beweise aufstellen, wenn ich Sie damit überzeugen könnte.

FERDINAND. Wunder glaube ich. Was aber die Anzeichen anlangt, die in der Küche und in den Kammern vorgehen: so sage ich Ihnen frei heraus, daß sie bei mir ebensoviel bedeuten, als wenn mir mein Stock aus der Hand fällt. Doch davon wollen wir itzt nicht reden. Was sind Sie denn gesonnen, der Jungfer Tochter mitzugeben? Und wenn soll Herr Simon seine Braut abholen?

FRAU RICHARDIN. Sie erschrecken mich durch Ihren Unglauben fast ebensosehr, als ich über das Anzeichen mit der Schüssel erschrocken bin. Sagen Sie mir um des Himmels willen auf Ihr Gewissen, glauben Sie denn auch nichts von dem Totenschmiede, von dem Wurme, der in den Fensterrahmen oder in den Wänden oft ganze Tage pocht und hämmert, wenn eins sterben soll? Da mein seliger Mann aus der Zeitlichkeit in das Ewige versetzt werden sollte: so hat er sich drei Tage zuvor hören lassen. Soll dieses nichts bedeuten? Daß wir doch unsern Augen und Ohren nicht trauen wollen!

FERDINAND. Ich will dem Totenschmiede seine Rechte nicht nehmen, er möchte mich sonst einige Stunden früher ins Grab pochen. Sie sollen recht haben, Frau Muhme! Lassen Sie mich nur in dem ruhigen Besitze meiner Irrtümer und erklären Sie sich, was Ihre Jungfer Tochter zur Aussteuer bekommen, und ob es noch bei den zehntausend Talern an barem Gelde bleiben soll?

FRAU RICHARDIN. Ich arme Frau! Ich verlaßne Witwe! Wo kämen ich und so vieles Geld zusammen? Bei meinen Lebzeiten wird meine Tochter nicht viel kriegen, und nach meinem Tode bleibt ihr mein bißchen Armut gewiß. Ich denke, es wird so nicht mehr lange mit mir werden. *Sie weint.* Das Anzeichen mit der Schüssel meines seligen Herrn –

FERDINAND. Wie können Sie sich doch ohne Not traurig machen? Der Tod ist uns alle Tage nah, und er braucht nicht erst die Schüssel herunterzuwerfen oder an den Fensterladen und an die Stubentüre zu klopfen, wenn er kommen will. Wir müssen den Tod weder fürchten noch wünschen. Sei'n Sie heute guten Muts, damit wir bald zur Richtigkeit kommen!

FRAU RICHARDIN. Lieber Gott, daß doch alle Mannspersonen nichts glauben wollen! So war mein seliger Mann nicht. Er nahm nichts auf die leichte Achsel. Er hat wohl zwanzig Jahre vor seinem Tode gesagt, daß er sterben würde. Ich besinne mich noch, als wenn es heute wäre. Er hatte einige Jahre vor seinem Ende Zahnschmerzen, und eben zu der Zeit fing eine von unsern Hühnern erbärmlich an zu schreien und schrie drei Tage nacheinander, wir mochten mit ihr machen, was wir wollten. Mein Kind, fing endlich der selige Mann zu mir an, die Henne schreit nichts Gutes heraus, es mag nun bedeuten was es will, laß sie in Gottes Namen abwürgen.

FERDINAND. Hätten sie ihr bei dem Abwürgen darnach sehen lassen. Es wird ihr gewiß etwas im Leibe gefehlt haben.

FRAU RICHARDIN. Nein, es war alles gut im Leibe. Sie legte meistens über den andern Tag. Und ich hätte lieber geweint, da ich sie sollte abwürgen lassen. Mein seliger Mann besah sie selbst, und wir fanden nicht das Geringste, außer daß ihr die Krallen an Füßen zusammengezogen waren.

FERDINAND. Sie hat den Krampf gehabt, und deswegen hat sie geschrien. Doch, liebe Frau Muhme, wenn wir von nichts als dem Bettler, von der Schüssel, von dem

Totenschmiede, von der Henne und von dem seligen Herrn Liebsten reden wollen: so kommen wir nimmermehr zustande, und Herr Simon und ich müssen auf diese Art morgen unverrichteter Sache wieder fortreisen.

FRAU RICHARDIN. Ach, denken Sie mir doch nicht wieder an den Bettler! Der ruchlose Bube hat mich im Bibellesen gestört. Nunmehr wird meine geistliche Übungsstunde bald kommen. Ist es etwa schon um sechs Uhr? Das will ich nicht hoffen.

FERDINAND. Nein, es hat kaum fünfe geschlagen. Wenn Sie nun auch diese Stunde einmal auf eine andre Zeit verlegten, dieses würde doch wohl ...

FRAU RICHARDIN. Wie? Herr Vetter! Ich sollte von meiner Regel abweichen und irdischen Dingen zu Gefallen die Andacht hintansetzen? In unsern Verrichtungen soll alles ordentlich zugehen, und in der Gottseligkeit, im Singen und Beten, nicht?

FERDINAND. Ach ja! Aber der Geiger muß nicht unser Bußwecker sein. Wir müssen uns in der Andacht üben, nicht, wenn es schlägt, sondern wenn wir uns geschickt dazu fühlen, unsere Gedanken von dem Irdischen abzuziehen, und sie mit geistlichen Dingen und der Prüfung unsers Herzens und Wandels, zu erfüllen.

FRAU RICHARDIN. Ich bin hierzu alle Stunden geschickt, und wer nur Lust zum Beten hat, der kann allezeit beten.

FERDINAND. Ja! Gebete aus den Büchern; Formulare, die sich oft zu unserm Zustande so wenig schicken, als wir uns zu einer vernünftigen Andacht; diese kann man allezeit herlesen. Aber das heiße ich nicht beten. Das heißt nur tun, als wenn man beten wollte.

FRAU RICHARDIN. Gerechter Gott! Sie machen mich ganz bestürzt. Ich will doch nicht hoffen, daß Sie ein heimlicher Verächter des Gebets sind?

FERDINAND. Und ich will nicht hoffen, daß Sie mich ohne Grund zum Heiden machen werden.

FRAU RICHARDIN. Die Religion –

FERDINAND. Die Religion ist das Heiligste unter allem, was man verehren und ausüben kann. Aber die Meinungen eines übel beschaffenen Verstandes gehören nicht zur Religion, sondern unter die Irrtümer. Doch wir wollen einander itzt nicht bekehren. Machen Sie sich wegen meiner Religion keine Sorge! Erklären Sie sich lieber, wie es mit der Aussteuer werden soll! Hier kommt gleich Herr Simon.

Siebenter Auftritt

Die Vorigen. Herr Simon.

SIMON. Madame, Sie haben befohlen, daß ich Ihnen diesen Nachmittag aufwarten und Dero Entschluß –

FRAU RICHARDIN. Mit der Madame verschonen Sie mich. Solche weltlichen Titel kann ich nicht leiden. Es ist mir indessen lieb, daß Sie so ein ehrliches Absehen auf meine Tochter haben. Ich will gleich gehen und sie noch einmal fragen. Alsdenn wollen wir die Sache vornehmen, wenn es nicht zu spät wird. Gedulden Sie sich nur einige Augenblicke.

Achter Auftritt

Herr Simon. Herr Ferdinand.

SIMON. Das Kompliment von einer Schwiegermutter war eben auch nicht zu zärtlich. Sind Sie denn mit den Heiratspunkten zustande gekommen?

FERDINAND. Fragen Sie mich ja nicht! Ich weiß nicht, was ich aus der Frau machen soll. Und ich wollte, daß Ihr ehemaliger Herr Vormund selbst mit Ihnen hergereiset wäre und mich mit dieser Verrichtung verschonet hätte. Er hat die Heirat angefangen; so hätte er sie auch zustande bringen mögen. Sie will von den zehntausend Talern gar nichts hören.

SIMON. Das sind schlechte Aspekten. Ich wollte das Geld gern vergessen. Allein ich habe meine Braut itzt eine halbe Stunde allein gesprochen. Sie ist schön, recht schön; aber ...

FERDINAND. Nun, was fehlt Ihnen; was wollen Sie mit dem Aber sagen?

SIMON. Meine Braut ist recht sehr schön, Herr Ferdinand; aber ...

FERDINAND. Aber sie will Sie nicht haben?

SIMON. Ach nein! Ich habe sie wohl zehnmal gefragt, und allemal hat sie Ja geantwortet, weiter aber auch kein Wort. Das gute Kind besitzt viel Schönheit, viel Reichtum, doch wollte der Himmel, daß sie auch das dritte besäße.

FERDINAND. Hat sie etwa keinen Verstand?

SIMON. Viel nicht, soviel ich mutmaße.

FERDINAND. Dies mag ein Familienfehler sein. Die Frau Mama, meine liebe Frau Muhme, darf sich über den Überfluß der Vernunft auch nicht beklagen. Allein, Sie haben ja Ihre Braut vor einem halben Jahre gesehen, und ich weiß, daß sie Ihnen damals gefallen hat.

SIMON. Von Person hat sie mir gefallen und gefällt mir noch. Ich werde aber nicht gedacht haben, daß eine so schöne Person nicht reden kann. Damals hielt ich ihr Stillschweigen für eine große Sittsamkeit oder Schamhaftigkeit. Nunmehr sehe ich wohl, daß es ihr an Erziehung und an Lebensart fehlt.

FERDINAND. Also wollen Sie wieder zurücktreten?

SIMON. Ich möchte sie haben und möchte sie auch nicht haben. Wenn sie nur klug und artig wäre: so wollte ich sie allen in der Welt vorziehen, wenn sie auch nicht das geringste Vermögen hätte.

FERDINAND. Unsere Sachen gehen recht gut. Haben Sie nicht noch ein Frauenzimmer im Vorschlage, bei der wir im Rückwege unser Wort auch anbringen können? Ich möchte gern noch einmal die Person eines Freiwerbers spielen; denn ich schließe aus dem guten Erfolge unserer Verrichtung und aus meinem innerlichen Berufe, daß ich zum Brautwerben geboren bin.

SIMON. Lieber Herr Ferdinand, werden Sie nicht unwillig! Es ist bei der Sache niemand unglücklicher und strafbarer als ich. Ich habe das gute Kind gewählt, weil sie mir gefallen hat, und sie hat mir gefallen, weil ich nicht Gelegenheit gehabt habe, sie zu kennen. Ich will nicht sagen, wieviel mein ehemaliger Vormund Teil an dieser Heirat hat. Er hat alle seine Beredsamkeit angewandt; und ich glaube, daß er's gut gemeint hat. Denn ein Mädchen, das schön ist und dreißigtausend Taler zu hoffen hat, ist freilich bei einem, der das Geld wie er liebte, ein Glück, das man nicht aus den Händen lassen kann, wenn man nicht wahnwitzig heißen will.

FERDINAND. Sagen Sie mir kurz und gut, was Sie tun wollen? Denn wir haben keine Zeit zu verlieren.

SIMON. Ich weiß es nicht. Raten Sie mir, Herr Ferdinand, was ich anfangen soll.

FERDINAND. Sie nehmen ja die Frau nicht für mich, sondern für sich. Ihr Herz und Ihr Verstand müssen in der Liebe Ihre besten Ratgeber sein. Gedenken Sie mit Ihrer Braut eine zufriedene Ehe zu führen: so lassen Sie itzt die Mitgabe fahren und geben Sie Ihr Wort von sich. Die Seele der Ehe ist die Gleichheit der Gemüter. Glauben Sie nun, daß Ihre Christiane Ihnen an der Gemütsart nicht gleicht: so machen Sie sich ja nicht zum Märtyrer von ein Paar schönen Augen.

SIMON. Ich sagte ihr die zärtlichsten Sachen von der Welt vor, und sie blieb bei allen gleichgültig. Wenn sie mich nur mit einer empfindlichen Miene belohnt hätte. Ja und nein, waren ihre Antworten. Und das Ja sprach sie mit ebendem Tone aus, wie das Nein. Sie muß gar keine Empfindung von der Liebe haben. Sie hat in der ganzen halben Stunde ihr Gesicht nicht einmal verändert, und wenn sie die Augen nicht offen gehabt hätte: so hätte man schwören sollen, sie schliefe und redete zuweilen ein Wörtchen im Traume. Ich glaube, daß es ein gutes, unschuldiges Mädchen ist. Aber die Unschuld ohne Verstand ist ein sehr mittelmäßiger Schatz.

Neunter Auftritt

Die Vorigen. Lorchen.

LORCHEN. Endlich hat sich die Frau Richardin entschlossen. Sie will ihrer Tochter fünftausend Taler an Wechseln mitgeben. Aber auch keinen Heller mehr. Und wenn ich Ihnen wohlmeinend raten soll, so spannen Sie die Saiten nicht zu hoch. Die Frau Richardin möchte sonst gar nein sagen. Lassen Sie es bei dem Gelde bewenden, Hr. Simon; sie bekommen doch alles nach Ihrer Frau Schwiegermutter Tode.

SIMON. Ach, liebe Mademoiselle, das Geld liegt mir nicht an der Seele. Sie kennen mich besser, und ich wollte gern mein halbes Vermögen hingeben, wenn meine Braut nur ... lebhafter wäre. Ich will es Ihnen aufrichtig gestehen. Sie scheint mir etwas einfältig zu sein.

LORCHEN. Dieses Geständnis höre ich sehr ungern. Ich bin Ihrer Braut von Herzen gut, und ich erschrecke, daß Ihnen eine Person nicht gefällt, die Ihnen vor allen andern gefallen und die in Ihren Augen die liebenswürdigste und klügste sein sollte.

SIMON. Ach lieber Gott ...

LORCHEN. Hören Sie mich doch, Herr Simon! Es ist wahr, Ihre Braut hat keinen gar zu geübten Verstand; aber es ist kein Fehler der Natur, sondern einer unachtsamen und sklavischen Erziehung.

SIMON. Bin ich dadurch gebessert?

LORCHEN. Ja, bringen Sie nur Ihre Liebste in vernünftige und muntere Gesellschaft. Ich wette, daß sie in kurzer Zeit eine angenehme Lebensart an sich nehmen soll. Sie hat das beste Herz. Sie läßt sich zureden. Sie wünscht, daß man sie tadeln und bessern soll. Allein ihre Mutter hat alle diese guten Regungen zurückgehalten und ihrer Tochter nur die Anleitung gegeben, eine Betschwester und eine karge Wirtin zu werden. Und Dank sei Christianchens gutem Naturelle, daß sie keinen von beiden Charakteren angenommen hat.

FERDINAND. Wie? Singt sie auch so gern wie ihre Mutter?

SIMON. Ist sie etwan auch geizig?

LORCHEN. Nein, meine Herren, keines von beiden. Sie ist weder geizig noch närrisch andächtig. Sie ist erst sechzehn Jahr und zu beidem noch zu jung. Kurz, sie ist noch gar nichts. Sie hat aber die Fähigkeit, die beste Frau von der Welt zu werden, wenn ihr Mann die Geduld hat, sie dazu zu machen. Die Liebe kann in kurzer Zeit eine Person ändern, und ein gutes Naturell wird durch gute Beispiele bald witzig und belebt.

SIMON. Sie reden sehr wahr und verdienen die größte Erkenntlichkeit und Hochachtung von mir. Allein, wenn nur meine Braut schon das wäre, was sie nach Ihrem Urteile werden wird, so wollte ich sie unendlich lieben. Ich glaube, daß alle diese guten Eigenschaften in ihr verborgen liegen; aber ich bin so sinnlich, daß ich nicht die zukünftigen, sondern die gegenwärtigen Vollkommenheiten liebe. Wird nicht meine Geduld oder meine Gewogenheit zu ihr sich mitten in der Bemühung, sie recht liebenswert zu machen, verlieren?

LORCHEN. Nein, ich glaube es nicht. An einem unschuldigen Herzen werden die kleinen Fehler unmerklich, und Sie werden Ihr Christianchen um desto zärtlicher lieben, wenn Sie sehen, wie bereit sie ist, Ihnen liebenswürdig und gleich zu werden.

SIMON. Das muß ich gestehen. Sie setzen meine Braut wieder in die vorige Hochachtung bei mir. Und ich weiß nicht, ob ich Ihren edlen Vorstellungen oder der Unschuld meiner Braut die Liebe von neuem zu danken habe. Denn ich war völlig entschlossen, mein Christianchen zu vergessen.

LORCHEN. Hierzu sind Sie zu großmütig.

FERDINAND *zu Simon.* Also wollen Sie bei dem Entschlüsse bleiben und sie heiraten?

SIMON. Ja, Christianchen soll die Meinige sein. Ich will sie ziehen, wie ich sie mir wünsche.

LORCHEN. Das vergnügt mich von Herzen. Wissen Sie was, Herr Simon? Versprechen Sie sich itzt mit ihr und schieben Sie die Hochzeit noch ein Jahr auf; aber sagen Sie es Ihrer Frau Schwiegermutter nicht. Warten Sie noch ein paar Tage hier, und alsdann nehmen Sie Ihr Christianchen gleich mit. Ich will ihr Gesellschaft leisten. Machen Sie uns nur bei der Frau Richardin in Berlin ein Quartier aus. Ich will um Ihre Braut sein. Ich will sie in Gesellschaft bringen. Ich will mit ihr reden. Ich will ihr gute Bücher oder vernünftige Romane vorlesen. Ich will ihr so viel Französisch lernen, als ich kann. Sie soll allemal über den ändern Tag einen Brief an Sie schreiben.

SIMON. Dies wollen Sie tun?

LORCHEN. Ja, Sie sollen sie alle Tage besuchen; aber im Anfange nur eine halbe Stunde. Sie sollen sie zärtlich machen. Sie sollen ihr die größten Gefälligkeiten erweisen, damit sie anfängt, Sie recht zu wünschen und zu verlangen. Dieses Verlangen wird sie beleben und ihr ein Antrieb zu alle dem werden, was man Lebensart und Artigkeit nennt. Ich weiß es gewiß, sie wird in kurzer Zeit so munter und angenehm sein, als sie unschuldig und schön ist.

SIMON. Wie glücklich bin ich! Sie wollen sich die Mühe geben und mein Christianchen ziehen und mir eine glückliche Ehe machen? Herr Ferdinand, Sie sagen nichts dazu?

FERDINAND. Was soll ich sagen? Lorchen beschämt uns alle beide an Einsicht. Sie verdient Hochachtung und Gehorsam. Folgen Sie ihr! Mein Rat ist kein andrer als der ihrige.

LORCHEN. Herr Ferdinand, Sie wollen gewiß sehen, ob ich bei einer Lobeserhebung noch rot werde? Wenn mein Rat gut ist, so habe ich ihn nicht sowohl meiner Einsicht als der Liebe zu einer unschuldigen und noch nicht erzogenen Freundin zu danken. Ich weiß mir die Welt und Herr Simonen, dem ich schon so viel Höflichkeit schuldig bin, nicht verbindlicher zu machen, als wenn ich eine zufriedene Ehe bewerkstelligen helfe. Es soll mir das größte Vergnügen sein, wenn ich diese guten Absichten bei unserer Christiane erreiche, und ich zweifle nicht einen Augenblick daran.

SIMON. Großmütige Freundin, womit kann ich Ihre Redlichkeit belohnen? Sie wissen, daß ich mehr Vermögen habe, als ich vielleicht bei einer ordentlichen Lebensart brauche. Das Glück ist nicht so liebreich gegen Sie gewesen als die Natur. Erlauben Sie mir, daß ich diesen Mangel ersetzen und Ihnen eine Verschreibung von fünftausend Talern anbieten darf. Solange ich lebe, und solange Sie in Berlin bleiben wollen: so sollen Sie nicht für das geringste zu sorgen haben. Das Geld aber können Sie zu Ihrem freien Gebrauch anwenden.

LORCHEN. Ich, mein Herr –

SIMON. Dieses Geld soll mit der Bedingung das Ihre sein, daß Sie sich nicht dafür bei mir bedanken. Gesetzt, daß auch meine Christiane in dem ersten Jahre nicht so würde, als es meine Liebe verlangt: so werde ich Ihnen die Schuld nicht beimessen. Ich belohne nicht den Ausgang der Sache, sondern Ihre edlen Absichten.

LORCHEN. Überhäufen Sie mich nicht mit Wohltaten. Ich verlange den Reichtum ebensowenig als die Armut. Fünftausend Taler würden mich beunruhigen, wenn ich sie behielte; und sie würden mich auch beunruhigen, wenn ich sie nicht allemal wohl anwendete. Und so viel traue ich mir nicht zu. Nein, Herr Simon, machen Sie mich nicht reich. Geben Sie mir nur so viel, als man braucht, wenn man nicht gehorchen und nicht befehlen will. Es ist Glück genug, wenn ich in die Umstände komme, daß ich mir von der Frau Richardin keine Wohltaten mehr erweisen lassen darf und die unschuldige Christiane so erziehen kann, als ich wünsche. Ich will gehen und ihr unsern Vorschlag eröffnen. Kommen Sie mit, Herr Ferdinand, damit es mehr Eindruck hat! Sie aber, Herr Simon, können indessen zu Ihrer Frau Schwiegermama ins Betzimmer gehen. Sie wird Ihnen die Zeit nicht lang werden lassen. Doch in ihrer Betstunde wird sie Ihren Besuch wohl nicht annehmen. Suchen Sie sie nur auf: sie wird doch wenigstens mit Ihnen in diese Stube gehen müssen.

Ende des ersten Aufzugs.

Zweiter Aufzug

Erster Auftritt

Frau Richardin. Simon.

FRAU RICHARDIN. Sie kamen, als wenn Sie gerufen wären. Ich wollte eben gern ein Wort mit Ihnen allein reden. Nehmen Sie es mir nicht übel, daß ich Sie nicht in meine Betstube geführt habe, es sieht nicht gar zu ordentlich darinnen aus. Ist mir's doch recht lieb, daß Herr Ferdinand nicht bei Ihnen ist. Wo ist er denn?

SIMON. Er hat, glaube ich, noch einige Kleinigkeiten wegen unserer morgigen Abreise zu besorgen. Er wird gar nicht lange außen bleiben.

FRAU RICHARDIN. Nun! Sie sollen meine Tochter haben, wenn Sie sie in Ehren halten und ihr treu und gewärtig sein wollen.

SIMON. Ich danke Ihnen unendlich für dieses Geschenk. Sie können versichert sein, daß ich Ihre Jungfer Tochter wie mich lieben werde.

FRAU RICHARDIN. Ja, das ist alles gut. Die Ehen werden im Himmel geschlossen, und durch Beten und Singen kömmt Liebe und Segen in die Ehe. Halten Sie ja meine Tochter zum Gebete an, und lassen Sie sie die gottlosen Moden in Kleidern nicht mitmachen. Ich habe noch ganz hübsche Kleider. Von diesen will ich ihr etliche mitgeben, und sie kann sie mir und meinen Großeltern zu Ehren noch zeitlebens tragen.

SIMON. Ich will sie schon mit Kleidern versorgen.

FRAU RICHARDIN. Nein, Herr Sohn, von denen fünftausend Talern, die ich ihr mitgebe, dürfen Sie nicht einen Heller zu Kleidern anwenden. Das Kapital muß in die Steuer und die Interessen müssen wieder zu einem Kapitale gemacht werden. Dieses ist mein Wille. Ich arme Witwe, wie werde ich so viel Geld in meiner schweren Haushaltung entbehren können?

SIMON. Die Frau Schwiegermutter (erlauben Sie, daß ich mich nunmehr dieses Worts bedienen darf) kennen doch allemal Ihren Weg zu mir.

FRAU RICHARDIN. Zum Gebete, wollen Sie sagen, ja zum Gebete will ich meine Zuflucht nehmen. Ich habe der Heirat wegen heute meine Übungsstunde ausgesetzt. Gott wird mirs vergeben. Ich will es ein andermal einbringen. Und ich habe mich entschlossen, Gott morgen etwas zu seinem Dienste zu schenken, wenn Sie etwas dazu beitragen wollen.

SIMON. Von Herzen gern. Wollen wir etwa dem Armut etwas geben oder zur Erziehung etlicher Waisen etwas Gewisses aussetzen? Mit Freuden! Ich wollte, daß ich alle Menschen glücklich machen könnte.

FRAU RICHARDIN. »Ach! das Armut!« Man weiß ja nicht, wie man seine Gaben anlegt. Es gibt der gottlosen Leute zuviel. Nein, da ich mit meiner Christiane darniederkam: so ließ ich den Taufstein in unserer Kirche kleiden; und da sie heiratet: so will ich gern ein Liebeswerk tun und den Altar bekleiden lassen. Ich will nur gut rot Tuch und tombakne Tressen darum nehmen: demungeachtet wird es schon sehr hoch kommen. Ich arme Frau! Doch laß deine Rechte nicht wissen, was deine Linke tut. Wer der Kirche gibt, der leiht dem Herrn, und der wird es ihm wieder vergelten.

SIMON. Lassen Sie den Altar kleiden. Ich will ein klein Kapital zur Verpflegung der Hausarmen aussetzen.

FRAU RICHARDIN. Ach, die Hausarmen! Bedenken Sie nur, ich gebe zuweilen einem armen Manne, der sich bei meinem Hausbau zu Schanden gefallen hat, ein Almosen. Letzthin treffe ich ihn vor dem Tore auf der Straße sitzend an. Können Sie sich wohl einbilden, daß er eine Semmel in der Hand hatte und aß? Das gottlose und verschwenderische Volk.

SIMON. Wer weiß, wer sie ihm gegeben hat? Gesetzt, er hätte sie auch gekauft. So ist er vielleicht so elend, daß er kein Brot mehr zu sich nehmen kann. Und endlich hat er ja, als ein Armer, auch Recht zu einer kleinen Erquickung.

FRAU RICHARDIN. So? Soll er nicht sparen? Nicht zu Rate halten? Könnte er sich nicht auch Bier dazu holen lassen? Es kömmt das ganze Jahr keine Semmel in mein Haus, und ich lebe immer. Wenn ich und mein seliger Herr nicht gespart hätten, wo hätte es herkommen sollen? Ich habe siebenmal in den Wochen gelegen, und allemal habe ich der Kirche etwas geschenkt. Bei meinem ersten Sohne verehrte ich ein stark mit Silber beschlagnes Kollektenbuch auf den Altar, weil ich gern wollte, daß er Theologiä studieren sollte, und bei der ...

SIMON. Ich gebe ohne weitere Umstände fünfzig Taler für diejenigen, die sie brauchen.

FRAU RICHARDIN. Nein, nein! Hören Sie mir doch zu. Bei der ersten Tochter ließ ich ein reiches Meßgewand machen, und hätte es Gott gewollt, so hätte es nicht ohne Vorbedeutung sein sollen. Sie hätte, wenn sie am Leben geblieben wäre, gewiß einen Geistlichen bekommen. Die liebe Kirche hat schon neun verschiedene Stücke von mir zu ihrem Zierate. Und morgen soll das zehnte kommen! Sie kostet mir in allem beinahe dreihundert Taler. Aber ich werde doch nicht müde. Wer weiß, wo mir's Gott anderwärts ersetzt. Haben Sie sich nicht in der Kirche herumführen lassen? Es stehen auf jedem Stücke von mir die Anfangsbuchstaben meines Namens. Nicht deswegen, daß die Leute von meiner Guttätigkeit reden sollen, sondern daß nicht etwan ein Fremdes käme und sich für den Wohltäter ausgäbe. Wo Sie die Buchstaben M.C.R. finden, das heißt Maria Christiana Richardin und ist von mir.

SIMON. Allein ich dächte, Ihre Kirche hätte selbst große Kapitale. Könnten die Mama nicht außerdem ein gutes Werk stiften? Ihre Hausjungfer, Jungfer Lorchen, wäre es nach meinen Gedanken wohl wert, daß Sie etwas zu ihrem künftigen Unterhalte oder, wenn sie noch heiraten wollte, zu ihrem Heiratsgute aussetzten und das redliche Mädchen versorgten.

FRAU RICHARDIN. Das redliche Mädchen braucht nichts. Wenn sie weltliche Bücher und Romane hat, so ist sie zufrieden und denkt an weiter nichts. Ihre Aufführung gefällt mir gar nicht. Sie hätte lieber meine Tochter auch zu der galanten Lebensart anführen wollen. Letzthin gab sie ihr ein Buch zu lesen, ich weiß nicht, ob es Pemala oder »Pamela«, der berühmte Roman Richardsons hieß. Genug, es war ein Liebesbuch, und auf dem Kupfer stund der Teufel hinter einer Frau und wollte sie verführen. Aber ich kam zu allem Glücke dazu und riß es meiner Tochter aus der Hand. Solche teuflischen Bücher!

SIMON. Die Pamela ist ein sehr guter Roman, der die Unschuld und Tugend liebenswürdig zu machen sucht. Ein Priester in England hat ihn selber auf der Kanzel zum Lesen angepriesen.

FRAU RICHARDIN. Und wenn es zehn Priester getan hätten: so soll meine Tochter keinen Roman lesen. Was will ein englischer Priester von der Tugend wissen? Haben diese Leute nicht die Kalvinische Religion? Wollen Sie meine Tochter gar zu einer Kalvinistin machen?

SIMON. Liebe Mama, Sie übereilen sich in Ihrem Eifer.

FRAU RICHARDIN. Ich übereile mich nicht. Mit *einem* Worte, Lorchen lebt nach der Welt. Sie geht, wie andere Leute gehen. Sie hat sich die Haare verschneiden lassen. Sie läßt sich frisieren und liest wohl gar dazu in einem Buche. Sie trägt Adriennen und einen großen Fischbeinrock. Das hätte ich bei meiner seligen Mutter tun sollen! Sie hätte mich nicht eine Stunde in ihrem Hause gelitten.

SIMON. Aber dieses sind ja alles unschuldige Dinge. Es sind Moden und Trachten, die weder fromm noch boshaft machen. Was liegt der Tugend daran, ob man das Kleid in Form eines langen Pelzes oder einer Adrienne trägt? Wenn nur das Herz nicht eitel und närrisch ist.

FRAU RICHARDIN. Ich höre es schon, Sie sind ein Indifferentist. Bei Ihnen ist eines so gut wie das andre: Nein, Herr Sohn! Itzt habe ich meine Tochter noch; und ehe sie weltlich werden soll, so mag sie zeitlebens eine Jungfer bleiben.

SIMON. Fürchten Sie nichts. Bei mir soll sie weder die Religion noch die Tugend verlieren. Ich liebe beides über alles. Wenn es Ihnen indessen gefällig ist: so wollen wir einander im Beisein etlicher guter Freunde das Jawort geben.

FRAU RICHARDIN. Ich kann es noch nicht vergessen, daß Sie mir Lorchen so angepriesen haben. Ich will nicht richten; aber ich glaube gar nicht, daß sie recht im Christentume unterrichtet ist. Sie singt oft den ganzen Tag kaum *ein* Lied und hat nicht mehr als *ein* Gebetbuch.

SIMON. Man kann ja wohl im stillen andächtig sein und ohne Gebetbuch beten.

FRAU RICHARDIN. Soll man denn etwan gar aus dem Kopfe beten?

SIMON. Wer die Religion und sein Herz kennet, den wird beides beten lassen. Und wer beides nicht kennt, der wird mit allen Gebeten nur ein Gewäsche treiben, sie mögen so gut sein, als sie wollen. Doch, liebe Mama, wir wollen etwas anders reden; wollen Sie mich denn auch bald in meiner Heimat besuchen?

FRAU RICHARDIN. Das weiß ich nicht. Wo wollte ich die Reisekosten hernehmen? Es geht gar zuviel bei mir auf. Es haben in diesem Jahre schon drei Paten von mir geheiratet, und einmal habe ich und zweimal hat meine Tochter zu Gevattern gestanden. Gestern ist eine alte sechzigjährige Jungfer in der Vorstadt begraben worden, der habe ich einen Kranz für einen Gulden, und ein katunes Sterbekleid von dem besten Katune machen lassen. Sie sah recht schön darinnen aus, und sie lag im Sarge, als wenn sie noch lebte. Das Kruzifix kostet mich auch neunzehn Groschen. Der liebe Gott wird es nicht unvergolten lassen.

SIMON. War sie denn so arm, daß sie nicht konnte unter die Erde gebracht werden?

FRAU RICHARDIN. Ja wohl! Sie hat in ihrem Leben nichts als zwanzig Taler gehabt, welche sie meiner Christiane vermacht hat. Und ihre ehrvergeßnen Anverwandten hätten sie lieber in ihren ordentlichen Kleidern und in einem schwarzen Sarge ohne Kranz, ohne alles begraben lassen. Ich weiß gar nicht, wo solch Volk hindenkt; ob es sich nicht der Sünde fürchtet. Gott Lob, daß die Leute mein mildes Herz kennen. Es geht keine Woche vorbei, so sprechen sie mich um einen Kranz für ein Verstorbenes an. Und so schwer mirs fällt: so lasse ich doch allemal einen machen. Es ist ja die letzte Wohltat, die man einem in dieser Welt erweiset. Meine selige Mutter war auch so gesinnt. Gott, wie viel Leute gingen nicht mit ihr zu Grabe! Wie rühmten sie nicht ihre Frömmigkeit! Ich denke, es soll mir bei meinem letzten Gange auch nicht an Begleitern fehlen.

SIMON. Gebe der Himmel, daß es sehr spät geschehe, und daß ich noch lange das Vergnügen habe ...

Zweiter Auftritt

Lorchen. Christianchen. Die Vorigen.

LORCHEN. Der Kaffee ist fertig. Ich habe ihn in die große Stube bringen lassen, und Herr Ferdinand wartet auf Sie.

FRAU RICHARDIN. So kommen Sie denn, Herr Simon. Wir wollen mit Herrn Ferdinanden alles fein bald abreden; denn um sechs Uhr muß ich zu meiner Andacht. Du, Christiane, kannst mit Lorchen noch einige Augenblicke hier warten, bis wir fertig sind, alsdann will ich euch beide rufen lassen.

Sie gehen ab.

Dritter Auftritt

Lorchen. Christianchen.

LORCHEN. Also wollen Sie sich's gefallen lassen und noch ein Jahr bis zur Hochzeit bei mir in Berlin leben?

CHRISTIANCHEN. Ach ja. Warum nicht? Wenn es die Mama und Herr Simon so haben wollen.

LORCHEN. Aber wird Ihnen die Zeit bis zur Hochzeit nicht zu lang werden? Das Verlangen, denjenigen, welchen man liebt, zu besitzen, läßt sich nicht so leicht befriedigen, als wir denken.

CHRISTIANCHEN. Ich fühle kein besonderes Verlangen.

LORCHEN. Wollen Sie ihn denn nicht haben?

CHRISTIANCHEN. Ja, warum nicht? Sie raten mir ja selbst dazu; und ich weiß, Sie meinen's gut mit mir. Ich verlasse mich auf Sie.

LORCHEN. Ich meine es gut mit Ihnen; aber Sie müssen es auch gut mit sich selbst meinen und sich prüfen, ob Sie ihn lieben.

CHRISTIANCHEN. Herr Simon gefällt mir ganz wohl; allein er red't zu hoch mit mir. Ich kann ihm nicht alles verstehen. Wenn ich ihm nur nicht zu ungelehrt bin!

LORCHEN. Machen Sie sich keine Sorge! Ein Frauenzimmer braucht nicht gelehrt zu sein! Wenn wir bei einer zärtlichen Liebe Verstand und Tugend haben: so haben wir alles, was ein vernünftiger Ehemann fordern kann.

CHRISTIANCHEN. Ja, ja, ich will ihn nehmen, wenn er mich verlangt. Will er mich aber auch nicht haben: so bin ich ebenfalls zufrieden. Sie kennen mich ja, wie ich bin. Ich lasse mir alles gefallen.

LORCHEN. O! reden Sie nicht so gleichgültig: es wird mir angst und bange dabei. Ich hörte es lieber, wenn Sie sprächen, daß Ihnen ein Augenblick ohne den Herrn Simon zu lang würde.

CHRISTIANCHEN. Nein, das kann ich nicht sagen. Ich bin zu aufrichtig dazu.

LORCHEN. Aber er liebt ja Sie so zärtlich. Warum empfinden Sie denn nichts, mein liebes Christianchen? Es ist ja ein wohlgebildeter und angenehmer Mann.

CHRISTIANCHEN. Ich versichere Sie, daß ich in meinem Leben noch keine Empfindung gegen eine Mannsperson gemerkt habe. Ich komme ja nirgends hin. Ich darf ja mit keinem Menschen reden, weil es meine Mama nicht haben will. Machen Sie nur, mein liebes Lorchen, daß ich artiger und munterer werde. Ich will Ihnen ja gern folgen. Lesen Sie mir nur oft aus dem »Zuschauer« vor. Es stehen solche artige Historien darinnen. Ich möchte recht gern etwas wissen, wenn nur meine Mama nicht so strenge wäre und mich stets mit dem Nähen und Singen plagte!

LORCHEN. So, haben Sie noch niemals geliebt?

CHRISTIANCHEN. Niemals. Und wenn es mein Leben kosten sollte: so könnte ich nicht sagen, was Liebe oder Haß wäre. Es hat mich auch in meinem Leben noch keine Mannsperson geküßt, außer mein Bräutigam; der hat mir vorhin das erste Mäulchen abgezwungen.

LORCHEN. Aber bei diesem Kusse werden Sie desto mehr gefühlt haben, weil es der erste gewesen ist?

CHRISTIANCHEN. Nichts mehr, als was ich fühle, wenn *Sie* mich küssen; außer, daß mir das Blut ein wenig ans Herz trat, weil ich mich schämte.

LORCHEN. Ich glaube es gar wohl, daß die Schamhaftigkeit an dieser Bewegung Ursache gewesen ist; aber wer ist Ihnen gut dafür, daß nicht auch die Liebe zu dieser Regung das ihre beigetragen hat? Wir empfinden die Liebe oft, ohne daß wir wissen, daß es die Liebe ist. Das Verlangen nach einer Person ist das sicherste Kennzeichen der Liebe.

CHRISTIANCHEN. Ich habe nach niemanden ein Verlangen, außer nach Ihnen und zuweilen nach meiner Mama. Nehmen Sie meine Schwachheit nicht übel, wenn es eine ist. Nicht wahr, Sie hassen mich nicht, daß ich noch so unerfahren bin?

LORCHEN. Nein, mein liebes Kind. Wollte der Himmel, daß ich Sie recht glücklich machen könnte. Ich habe Sie wegen Ihrer ungekünstelten Aufrichtigkeit von Herzen lieb. Es fehlet Ihnen nichts als die Welt. Ein vernünftiger Umgang und ein gutes Buch werden Sie in kurzem so weit bringen, daß ich von Ihnen lernen muß.

CHRISTIANCHEN. Sagen Sie mir nur, wodurch ich Ihnen gefallen kann. Ich will alles in der Welt für Sie tun. Ich habe Sie weit lieber als meine Mama. Ach, wenn ich nur reden könnte! Wenn Herr Simon wieder kommen wird: so geben Sie nur Achtung, ich kann kein Wort aufbringen. Ich denke stets, ich sage etwas Unanständiges, weil ich nicht weiß, was man reden soll. Da kommen sie und werden mich zum Jaworte holen wollen. Ich will geschwind gehen und mein diamanten Kreuzchen erst umbinden.

Vierter Auftritt

Herr Simon. Herr Ferdinand. Lorchen.

SIMON. Dergleichen Frau habe ich zeit meines Lebens nicht gesehen. Es ist alles aus, mein liebes Lorchen; und mit *einem* Worte: es wird nichts aus der ganzen Heirat.

LORCHEN. Sie scherzen. Christianchen wird gleich wiederkommen, wir wollen immer gehen.

FERDINAND. Nein, nein. Es hat seine Richtigkeit. Sie können uns sicher trauen. Die Heirat geht gewiß nicht vor sich.

LORCHEN. O sagen Sie mir doch um Gottes willen, was es gegeben hat!

SIMON. Das kann ich Ihnen leicht sagen. Sie, die liebe Frau schenkte mir eine Tasse Kaffee ein. Zehn Stückchen Zucker griff sie an, ehe sie das kleinste nach ihren Gedanken fand, und zehnmal fragte sie mich, ob ich auch gern süße tränke, und versicherte mich, daß der Zucker sehr schleimte.

LORCHEN. Darüber dürfen Sie sich nicht wundern. Bei ihr sind alle Dinge schädlich, die man nicht umsonst bekommt. Und Sie haben sich zu gratuliren, daß sie Ihretwegen hat Kaffee machen lassen. Denn diese Ehre widerfährt auch ihrem Beichtvater nicht. Der heutige Kaffee ist seit einem Jahre der andere, den ich in ihrer Stube gesehen habe. Allein wie ward es denn weiter?

SIMON. Ich nehme schon halb mit Lachen die Tasse in die Hand. Und eben da ich trinke, so erzählt sie die Historie von einem Anzeichen, das es gegeben hätte, da sie mit Christianchen in den Wochen gelegen hätte. Es war unmöglich, das Lachen zu lassen. Ich sehe Herr Ferdinanden an und werfe, weil ich vor Lachen husten muß, die obere Tasse auf die Erde.

LORCHEN. Und sie geht entzwei? Das will ich nicht hoffen. Die Frau Schwiegermutter wird Ihnen in Ihrem Leben nicht wieder gut.

FERDINAND. Ich wollte, daß mir meine Frau Muhme nicht so viel Ehre machte. Erzählen Sie die verdrießliche Sache so kurz, als es möglich ist, und machen Sie, daß wir aus einem Hause kommen, wo die Frau eine Närrin ist.

SIMON. Die Tasse geht entzwei, und, indem sie herunterfällt: so entfährt mir nur das Wort: der Teufel! das ich zu sagen pflege, wenn ich erschrecke. Kurz, sie machte über diesen Verlust unerträgliche Grimassen. Diese Aufführung gefällt mir gar nicht von Ihnen, fing sie an. Ich glaube, Sie lachen mich aus und ließen die Tasse mit Fleiß fallen. Ist meine Betstube gut genug, daß Sie den Teufel darinnen fluchen? Bin ich und mein Kind des Teufels? Haben Sie denn gar keine Religion? Sie kriegen meine Tochter nicht. Ich will eine Tochter und fünftausend Taler nicht wegwerfen. Hören Sie nur! Sie kriegen sie nicht! der Teufel wohnt nicht in unserem Hause! – Solche Schmeicheleien machte sie mir.

LORCHEN. Was fangen Sie für Sachen an?

SIMON. Sie können leicht denken, daß mir alle Gelassenheit verging. Mit *einem* Worte: ich sagte ihr, daß ich für die Ehre, ihr Schwiegersohn zu werden, mich gehorsamst bedanken und mich ihr hiermit bestens empfehlen wollte.

LORCHEN. Ist denn die Sache gar nicht wieder gutzumachen?

FERDINAND. Nein, es ist unmöglich. Sie hat uns ordentliche Grobheiten gesagt; und sie verdient nicht, daß Herr Simon weiter an sie denkt.

LORCHEN. Mich dauert nur die arme Christiane. Was kann denn sie dafür? Es ist das redlichste Kind von der Welt.

SIMON. Mich dauert sie. Ich will ihr den besten Mann wünschen und ihr alle die Geschenke, die ich zum Mahlschatze mitgebracht habe, zurücklassen. Sie kommen auf tausend Taler. Die gute Christiane war vielleicht nicht für mich bestimmt.

LORCHEN. So wollen Sie das arme Kind verlassen? Tun Sie es doch nicht. Ich bitte Sie tausendmal.

SIMON. Liebstes Lorchen, bitten Sie nicht! Ich glaube nicht, daß mich Christianchen sehr liebt. Ja, ich glaube, daß es ihr leichter werden wird, mich zu verlassen, als wir denken. Ich habe mich schon zu einer ändern Wahl entschlossen, und wollte der Himmel ...

LORCHEN. Sie sind sehr veränderlich. Dieses hätte ich Ihnen nicht zugetraut.

SIMON. Kränken Sie mich nicht! Mein Herz ist redlich; allein ich sehe, Christianchen ist nicht für mich geboren. Meine Untreue wird ihr ebenso gleichgültig sein, als ihr meine Liebe gewesen ist. Sie bekömmt zehn Männer, wenn ihr auch noch zehen entgehen sollten. Sie ist ja schön und reich.

LORCHEN. So wollen Sie denn ohne sie wieder fortreisen?

FERDINAND. Ja, morgen, wenn Sie etwas nach Berlin zu »gedenken« haben. Nehmen Sie immer Abschied, Herr Simon!

SIMON. So leben Sie denn wohl, liebstes Lorchen! Herr Ferdinand, verlassen Sie mich einen Augenblick! Ich will nur ein paar Worte mit Lorchen allein reden.

LORCHEN. Nein, sagen Sie in seiner Gegenwart, was zu Ihren Diensten ist. Wir brauchen nicht, ohne Zeugen miteinander zu reden.

SIMON. Herr Ferdinand, gehen Sie immer voran, ich will gleich nachkommen. Doch nein ... Doch nein, bleiben Sie hier und unterstützen Sie mein Wort! *Zu Lorchen.* Darf ich Ihnen etwas entdecken, was Sie vielleicht näher angeht, als Sie wünschen? Erlauben Sie mir, liebenswürdige Eleonore, daß ich ohne Zwang und Kunst reden darf! Ich liebe Sie; ich biete Ihnen mein Herz und meine Liebe an, und ich will mich glücklich schätzen, wenn Sie mich nicht ohne alle Hoffnung fortreisen lassen.

LORCHEN. Ich weiß nicht, was ich auf diesen Antrag sagen soll. Vielleicht sollte ich ihn, nach der Gewohnheit unsers Geschlechts, mit etlichen gleichgültigen Worten oder bloß nur mit einer Miene beantworten. Vielleicht sollte ich Sie mit einigen Komplimenten bestrafen, daß Sie mich nicht eher lieben, als bis Sie meine Freundin nicht bekommen können. Doch Sie mögen aus meiner Bestürzung schließen, ob mir Ihr Antrag gleichgültig gewesen sei. Fordern Sie kein deutlicher Geständnis. Ich schätze Sie hoch und kenne Ihre Verdienste. Doch wenn es auch noch mehr als Hochachtung wäre, was ich gegen Sie empfinde: so sage ich Ihnen, daß ich lieber alles verlieren, als meiner Christiane ein Glück entziehen will. Und wenn Sie glauben, daß ich Christianchen, die Freundschaft und die Tugend liebe: so wird eine genauere Antwort überflüssig sein.

SIMON. Allein, wenn nun Christianchen gestünde –

FERDINAND. Ja, wenn sie nun selbst zugestünde, daß sie den Herrn Simon nicht verlangte, wollten Sie ihn denn da auch nicht hoffen lassen?

LORCHEN. Christianchen müßte den Wert ihres Bräutigams nicht kennen, wenn sie dieses zu tun imstande wäre. Hier kommt sie.

Fünfter Auftritt

Christianchen und die Vorigen.

CHRISTIANCHEN *zu Lorchen.* Die Mama schickt mich her. Ich will es Ihnen heimlich sagen.

LORCHEN. Meine Herren, die Frau Richardin läßt bitten, sie nicht weiter mit Ihrem Besuche zu stören, sie hätte ihre Betstunde schon angefangen.

FERDINAND. So unhöflich wollen wir nicht sein. Wir wollen gleich gehen. Herr Simon, sagen Sie es Jungfer Christianchen, daß die Mama –

CHRISTIANCHEN. Ich weiß es, meine Herren. Und ich will es Ihnen aufrichtig sagen, Herr Simon, daß mir die Mama befohlen hat, nicht weiter an Sie zu gedenken. Nehmen Sie meine Aufrichtigkeit nicht übel. Ich halte Sie hoch; aber ich habe noch keine Lust zu heiraten.

SIMON. Also erlauben Sie mir, daß ich mein Wort zurückziehen darf?

CHRISTIANCHEN. Ja. Werden Sie nur nicht ungehalten auf mich. Ich habe alle Hochachtung für Sie.

SIMON. Auch ich, liebstes Christianchen, werde Sie ewig hochschätzen und Ihnen einen viel würdigern Mann wünschen, als ich bin. Bleiben Sie meine gute Freundin und nehmen Sie zum Beweise, daß Sie mich nicht hassen, folgende kleine Geschenke, die ich zu Ihrem Mahlschatze bestimmt hatte, von mir an. Dieses ist die einzige Gefälligkeit, die ich mir vor meinem Abschiede von Ihnen ausbitte.

CHRISTIANCHEN. Ja, ich will es tun; aber Sie müssen mir erlauben, daß ich mir auch von Ihnen etwas ausbitten darf! Doch ich bin wohl zu frei. Ich will es Ihnen sachte sagen, wenn Sie nicht zürnen wollen. *Sie redet heimlich mit ihm.*

SIMON. An Lorchen soll ich denken!

CHRISTIANCHEN. O! Warum sagen Sie es denn laut? Nun sehe ich, daß Sie mich beschämen wollen.

LORCHEN. Warum soll denn Herr Simon an mich denken?

CHRISTIANCHEN. Sie wissen ja, daß ich Sie liebe. Ach, wenn ich Ihnen nur zeigen könnte, wie sehr ich Ihnen gewogen bin. Mein liebes Lorchen, darf ich Ihnen wohl die Juwelen anbieten, die mir Herr Simon geschenkt hat?

LORCHEN. Mein liebes Kind, Sie machen mich durch Ihre Güte unruhig. Ich habe es gut mit Ihnen gemeint; aber gewiß, Sie meinen es noch besser mit mir.

FERDINAND. Wienach soll denn Herr Simon an Jungfer Lorchen denken?

CHRISTIANCHEN. Ich kann es nicht sagen. Es wäre zu frei.

SIMON. Sagen Sie es, mein Engel. Keine Bitte kann so groß sein, daß man sie Ihnen abschlagen sollte. Mein Vermögen ist zu Ihren und zu Lorchens Diensten das wenigste, was Sie begehren können.

CHRISTIANCHEN. Nein, es ist kein Vermögen. Ich wünschte, daß Sie –

SIMON. O sagen Sie doch, was Sie wünschen. Ich bitte Sie von Herzen.

CHRISTIANCHEN. Ich wünschte – Nein, ich kann es nicht sagen. Ich möchte Lorchen oder Sie mit meiner Aufrichtigkeit nicht beleidigen.

LORCHEN. Fürchten Sie nichts! Ich kenne Ihr redlich Herz. Entdecken Sie uns Ihr Verlangen, die Mama möchte sonst kommen.

CHRISTIANCHEN. Herr Simon, Sie sollen das Herz, das Sie mir geben wollten, –

SIMON. Lorchen geben?

CHRISTIANCHEN. Ach ja! Tun Sie es doch! Sie ist Ihrer viel würdiger, als ich bin. Ich bin zu jung. Ich habe wenig Lebensart. Aber Lorchen – Ach, wenn doch mein Bitten –

SIMON. Hören Sie wohl, mein liebstes Lorchen, was Ihre gute Freundin sagt?

LORCHEN. Ich bin über diese unschuldige Aufrichtigkeit so gerührt, daß ich gehen muß, wenn Sie nicht die Zeichen meiner Schwachheit in meinen Augen sehen sollen.

CHRISTIANCHEN. Ach, gehen Sie noch nicht!

SIMON *zu Lorchen.* Wollen Sie Christianchens Wünschen und mein Bitten stattfinden lassen? Darf ich hoffen, angenehmes Kind? Verlangen Sie keine weitere Erklärung von mir! Ich bin zu zärtlich gerührt, als daß ich viel reden könnte. Mein Glück steht bei Ihnen; und ich will es nicht meinen Bitten, sondern Ihrem freiwilligen Entschlüsse zu danken haben.

LORCHEN *zu Christianchen.* Dir, redliches Kind, soll ich deinen Liebsten rauben? Dieses kannst du mir zumuten?

CHRISTIANCHEN. Ach! wenn ich Sie nur glücklich machen könnte. Sie haben ja weit mehr Verdienste als ich. Ich bin noch zu jung, und ich gönne Herr Simonen niemanden als Ihnen. O, wenn ich doch die Freude erleben sollte! Gott weiß es, daß ichs aufrichtig meine.

SIMON *zu Lorchen.* Entschließen Sie sich; doch nicht sowohl nach meinem als nach Ihrem Gefallen. Fragen Sie Ihr Herz, ob Sie mich lieben können. Ich liebe Sie und wünsche nichts, als Ihnen zeitlebens meine Liebe zu beweisen.

FERDINAND *zu Lorchen.* Lassen Sie uns doch glücklich nach Hause reisen! Wie vergnügt wird unsere Reise sein, wenn wir Ihre Gewogenheit und, noch mehr, Ihr Jawort mit uns nehmen!

LORCHEN. Gott, was ist dieses für ein Ausgang! Wenn habe ich an eine Heirat gedacht, und wenn habe ich meiner besten Freundin einen liebenswürdigen Mann entziehen wollen? Herr Simon, überlegen Sie meine Umstände wohl. Mein Herz ist mein Reichtum, sonst besitze ich nichts.

CHRISTIANCHEN. Ich will die Mama bitten, daß sie Ihnen von meinem Vermögen etliche tausend Taler gibt.

LORCHEN. Mein Kind, sei stille, sonst bringt mich deine Aufrichtigkeit zu der äußersten Wehmut.

SIMON. Wenn Sie kein ander Bedenken haben als Ihre Umstände: so bin ich glücklich. Ihr Verstand und Ihre Tugend ist kostbarer als alle meine Reichtümer. Und warum schützen Sie Ihre Umstände vor? Besitzen Sie nicht ein Kapital, das ich Ihnen vorhin geschenkt habe? Soll ich hoffen, liebstes Lorchen?

LORCHEN. Ja! Ich überlasse Ihnen mein Herz und bitte um das Ihrige; aber bei allem meinem Glücke mache ich meine beste Freundin vielleicht unglücklich.

CHRISTIANCHEN. Nein, nein, gutes Lorchen! Bringen Sie es nur so weit, daß Herr Ferdinand mich zu sich nach Berlin nimmt und daß er mir die Erlaubnis von meiner Mama schafft, Sie dahin zu begleiten, damit ich zuweilen um Sie sein und von Ihnen lernen kann.

LORCHEN. Das ist eben mein Wunsch, Sie bei mir zu sehen. Ach, wenn doch Ihre Mama in ihrem Leben wenigstens *einmal* gütig sein wollte!

SIMON. Ich will es durch meine Freunde in Berlin gewiß so weit bringen.

FERDINAND *zu Christianchen.* Ich verspreche Ihnen, daß ich nicht eher ruhe, bis Sie Ihren Aufenthalt bei mir und meiner Frau haben. Es soll alles zu Ihren Diensten sein, und ich will mit Ihnen als mit meiner Tochter umgehen.

CHRISTIANCHEN. Nun bin ich glücklich. Aber, Herr Simon, wenn wollen Sie Lorchen abholen?

SIMON *zu Lorchen.* Darf ich bitten, daß Sie mich itzt gleich nach Berlin begleiten: so will ich noch einige Tage hier warten.

LORCHEN. Ja. Ich folge Ihnen, wohin Sie wollen, wenn meine Christiane mit mir ziehen darf.

CHRISTIANCHEN. Ich will gehen und meine Mama bitten.

SIMON. Ich will indessen mit Herr Ferdinanden in das Porzellangewölbe gehen und »einen Aufsatz von gutem Porzellan ausnehmen« und ihn der Mama herschicken, so wird sie das Kaffeeschälchen und ihren Zorn gegen mich schon vergessen. *Zu Lorchen.* So sind Sie denn meine Braut?

LORCHEN. Ich bin die Ihrige und vollkommen glücklich, wenn ich mir Ihre Liebe zeitlebens erhalten kann. Und morgen bin ich schon bereit, Ihnen zu folgen.

CHRISTIANCHEN. Sehen Sie, mein liebes Lorchen, dieses ist die Belohnung für Ihren Verstand und für Ihr edles Herz. Meine Mama hat Ihnen viel Verdruß gemacht. Vergeben Sie es ihr, und vertreten Sie an mir die Stelle der Mutter. Kommen Sie, wir müssen doch mit ihr reden.

Dritter Aufzug

Erster Auftritt

Frau Richardin. Christianchen.

FRAU RICHARDIN. Ich sage dir's, denke mir nicht mehr an ihn. Ehe dich Simon zur Braut bekommen soll, ehe will ich selber ins Oberkonsistorium gehen. Ich würde mich noch im Grabe umwenden, wenn ich dich nicht besser versorgt wüßte. Einen solchen Schwiegersohn möchte ich haben, der kein Gewissen, keine Religion hat; der in meiner Gegenwart flucht; der mir mit Fleiß ein Kaffeeschälchen zerbricht!

CHRISTIANCHEN. Liebe Mama, mit Fleiß wird er's wohl nicht getan haben. Für so schlimm halte ich ihn nicht.

FRAU RICHARDIN. Wie? Du unterstehst dich noch, ihn zu vertreten, ihn zu entschuldigen? Was heißt das anders, als daß du ihn haben willst? Ungehorsames Kind! Ich will dich enterben, ich will dich aus dem Hause stoßen, ich will nichts mehr von dir hören und wissen. Seht doch, Herr Simon, dein Herr Simon, wird gewiß mehr sein als deine Mutter? Ich bete kein Vaterunser mehr für dich, wenn du nicht von ihm abläßt.

CHRISTIANCHEN. Zürnen Sie doch nicht auf mich! Ich bin ja unschuldig. Ich verlange weder Herrn Simonen noch einen ändern zum Manne. Sie tun mir gewiß zuviel, Mama, wenn Sie es nur wissen sollten.

FRAU RICHARDIN. Was soll ich denn wissen? Daß du dich schon mit ihm verschworen hast? Daß du dich von seiner schönen Larve blenden läßt? Ich werde es gewiß nicht gesehen haben, da er dich vorhin in der Nebenstube küßte? Nicht wahr, er wird dir gefallen haben? Hättest du ihm doch lieber gleich alles eingeräumt. Wer weiß so, was schon geschehen ist! Du garstiges, ungezogenes Kind, du!

CHRISTIANCHEN. Ach Mama, fahren Sie mir nicht so übel mit. Bedenken Sie doch, daß ich Ihre Tochter bin und quälen Sie mich nicht mit einem so unverdienten Verdachte. Ich kann mich nicht anders als durch Tränen entschuldigen.

FRAU RICHARDIN. Ja, nur geweint! So machen sie es alle, wenn sie kein gutes Gewissen haben. Bist du ihm nicht vor einer Stunde noch selber nachgelaufen? Ist das eine Aufführung für eine wohlgeratene Tochter? Du wirst gewiß nicht Zeit genug zu einer Herde kleiner Kinder bekommen. *Christianchen will fortgehen.* Nein, bleib hier! Du willst meine Vermahnungen nicht länger anhören? Du willst mir nicht folgen? Ins Zuchthaus mit solchen ungeratnen Rangen, ins Zuchthaus, und statt des Mannes den Spinnrocken in den Arm!

CHRISTIANCHEN. Aber Mama, ich habe ja nichts getan. Ich bin ja ohne alle Schuld.

FRAU RICHARDIN. Wie, du kannst mir noch widersprechen? Weißt du das vierte Gebot nicht mehr? Wer das vierte übertritt, der übertritt auch das fünfte, denn er schlägt durch seinen Ungehorsam seine armen Eltern tot. Willst du deine Mutter mit aller Gewalt um das Leben bringen, damit du nach deinem Willen schalten und walten, und mein sauer erworbenes Vermögen einem tollen Manne an den Hals hängen kannst? Ich unglückselige Mutter! Willst du deinen Simon noch nehmen? Sage nur ja oder nein.

CHRISTIANCHEN. Nein, ich verlange ihn in Ewigkeit nicht.

FRAU RICHARDIN. Nun, so gib mir die Hand darauf: so soll alles vergessen sein. Also willst du ihn nicht lieben?

CHRISTIANCHEN. Nein.

FRAU RICHARDIN. Also versprichst du mir, ihn zeitlebens zu hassen?

CHRISTIANCHEN. Ach, warum soll ich ihn hassen? Es ist ja wider die Bibel, daß man einen hassen soll.

FRAU RICHARDIN. Wider die Bibel? Das ist eine schöne Antwort. Wer wird die Schrift besser verstehen, die Mutter, die seit vierzig Jahren alle Tage eine Stunde darin gelesen hat, oder das Töchterchen, das kaum seit sechs Jahren lesen kann? Du unverständiges Kind! Ich will es haben, du sollst ihn hassen, weil ich ihn hasse. Ein Mensch, der flucht und schwört, der nichts zu einem Kirchengeschenke geben will, den trägst du Bedenken zu hassen? Den willst du wohl gar noch lieben? Habe ich deswegen den alten Magister sieben Jahre zu dir ins Haus kommen lassen, daß du im Christentum nicht besser unterrichtet bist? Ich arme Frau! So viel Schulgeld umsonst hinaus zu werfen! Du sollst ihn hassen, das ist genug. Gehe mir aus den Augen!

Christianchen geht ab.

Zweiter Auftritt

Frau Richardin. Lorchen.

LORCHEN. Herr Simon läßt ...

FRAU RICHARDIN. Herr Simon mag hingehen, wo er hin gehört. Bei mir hat er nichts zu schaffen. Wollen Sie nunmehr die Unterhändlerin werden? Wollen Sie meine Tochter auf Ausschweifungen führen, wenn sie nicht von sich selber darauf geraten kann? Das gefällt mir. Zum Beten und Singen zwingen Sie meine Tochter nicht; aber zur Liebe. Das schickt sich für ein lediges Frauenzimmer, die von nichts als Unschuld wissen und reden sollte. Wenn sehn Sie denn dergleichen Aufführung von mir? Meine Übungsstunden besuchen Sie nicht; aber wenn Herr Ferdinand und Herr Simon da sind, so ... ich mag nichts weiter sagen.

LORCHEN. Frau Richardin, ich habe Sie mit Fleiß ausreden lassen, um mein Verbrechen zu hören; allein ich weiß bis diese Stunde noch nicht, warum Sie so ungehalten auf mich sind. Meinen Sie denn, daß ich Christianen verführe? Diese Beschuldigung ist zu entsetzlich, als daß ich Ursache hätte, mich deswegen zu verteidigen. Solange mir mein Herz keine Vorwürfe macht: so werde ich die Ihrigen mit Gelassenheit oder doch wenigstens mit Stillschweigen anhören.

FRAU RICHARDIN. Nur fein höhnisch! Nur mit einer frommen alten Frau noch gespottet! Bin ich gut genug, daß Sie mich ins Gesicht Lügen strafen? Ist das der Dank für die Sorgfalt, die Sie dreizehn Monate in meinem Hause genossen haben? Ich werfe Ihnen meine Wohltaten nicht vor, so unverschämt bin ich nicht. Ich vergesse es, daß Sie so lange in meinem Hause Brot gehabt haben; aber daß *Sie* es vergessen, das ist nicht recht. Undank, alter Laster Anfang und Fortgang! Ich habe meinem eignen Maule den Bissen abgedarbt, damit ich –

LORCHEN. Ich bitte Sie um alles in der Welt, Frau Richardin, martern Sie mich nicht mit solchen entsetzlichen Vorwürfen. Ich habe ja für den Unterhalt, den Sie mir zeither gegönnet haben, die Aufsicht im Hause geführt. Sie haben es ja selber verlangt, daß ich zu Ihnen ziehen sollte. Gesetzt, Sie hätten mir mehr erwiesen, als ich verdiente: so haben Sie sich doch den Augenblick für alle Wohltaten bezahlt gemacht, da Sie mir sie alle vorgeworfen haben. Wenn ich Ihrer Güte unwert gewesen bin: so bin ich bestraft genug, daß ich's anhören muß, ohne mich rechtfertigen zu dürfen. Ich will Ihnen weiter keine Unruhe machen. Erlauben Sie mir oder befehlen Sie mir vielmehr, daß ich Ihr Haus noch heute verlassen soll. Es soll gewiß an meinem Gehorsam nicht fehlen.

FRAU RICHARDIN. Seht doch! Gleich den Stuhl vor die Türe gesetzt! Ein nackend Mädchen, die in ihrem Leben nichts als ein Paar weltliche Augen und ein Paar weiße Hände hat, die darf auch so trotzig tun. Ich habe noch keinen gesehen, der sich aus Liebe zu Ihr um das Leben bringen wollen. Sage Sie mir doch, worauf Sie so stolz tut?

LORCHEN. Ich bin nichts weniger als stolz. Sie haben recht, wenn Sie mir meine Armut vorrücken. Es ist auch wahr, daß ich noch keinen Mann habe; allein beides fällt mir sehr erträglich. Indessen kann ich Sie aufrichtig versichern, daß ich in kurzer Zeit einen liebenswürdigen Mann und ein großes Vermögen besitzen wollte, wenn ich mich entschließen könnte, weniger großmütig zu handeln.

FRAU RICHARDIN. Wer ist denn der große Mann, der ein Mädchen mit Armut braucht? Er muß gewiß willens sein, ohnedem bald zum Lande hinauszulaufen, und also wird es ihm nichts verschlagen, ob er vor der Hochzeit oder kurz darnach geht. Darf ich's nicht wissen, wer sich so sterblich in Sie verliebt hat?

LORCHEN. Ich könnte es Ihnen leicht sagen, wer mich liebte; allein ich will Sie weder dadurch kränken, noch mich damit groß machen. Weder der Reichtum noch der Mann macht den Wert eines Frauenzimmers aus. Ein Mädchen kann arm sein und doch Verstand, Tugend, Lebensart und Geschicklichkeit im Hauswesen haben. Machen Sie sich keine Sorge, Frau Richardin, ich habe das Vertrauen zum Himmel, daß ich, so lange ich lebe, genug haben werde.

FRAU RICHARDIN. Mache Sie sich immer nicht so groß! Ich dächte, es ließe sich mit Ihrem Verstande noch halten. Von Ihrer Tugend mag ich nicht reden. Ich kann niemanden in das Herz sehen. Ihre Lebensart, ich wills Ihr kurz sagen, ist unwiedergeboren; versteht Sie mich? Halt Sie eine solche Lebensart wohl für gut? Ich bitte Sie sehr, mache Sie sich nur nicht zu einer keuschen Susanna, zu einer andächtigen Maria und zu einer geschäftigen Martha. Ist Sie nicht undankbar gegen mich? Und kann der Undank und die Gottesfurcht beisammen sein? Mit Ihrer Wirtschaft sah es wohl auch nicht so richtig aus, als ich Sie zu mir ins Haus nahm. Wer weiß, ob Sie wußte, daß man die harten Eier nicht salzen darf, wenn man sie zum Feuer setzt? Sei Sie doch nicht so stolz, und wenn Sie in Ihrem Leben noch nichts von mir gelernet hat: so lerne Sie nur dieses, daß der Hochmut vor dem Falle kommt.

LORCHEN. Sie sehen ja wohl, was ich von Ihnen gelernt habe. Wo nähme ich die Geduld her, die größten Beschimpfungen ruhig anzuhören, wenn ich sie nicht in Ihrem Hause gelernet hätte? Was übrigens die Tugend anlangt, die Sie mir absprechen (denn von dem Verstande und der Wirtschaft will ich nicht reden): so nimmt mich's nicht wunder. Ich bin freilich nicht so fromm, als Sie sind. Und wie sollte ich zu dem Glücke kommen, daß Sie mich für tugendhaft hielten, da Sie in der Welt keinen Menschen für fromm halten als Ihre eigene Person. Doch, Frau Richardin, Sie haben mich, dächte ich, genug ausgescholten. Ich werde Ihnen nun wohl weiter zu Ihrer Erbauung nicht nötig sein. Ich will auch den Augenblick gehen. Haben Sie nur die Güte und hören Sie, warum ich hergekommen bin. Herr Simon läßt Ihnen ...

FRAU RICHARDIN. Um mich recht zu erbittern, so fängt Sie wieder von Simonen an, und ich habe es Ihr doch gesagt, daß ich weder seinen Namen noch seine Person leiden kann. Ist Sie nicht selber schuld, wenn mir ein Wort im Zorne entfährt? Bringt Sie mich nicht um alle Seelenruhe?

LORCHEN. Nein, Frau Richardin. Ich glaube, es wird zu Ihrer Beruhigung dienen, was ich Ihnen zu sagen habe. Hören Sie mich nur an. Herr Simon läßt Ihnen sein Kompliment machen.

FRAU RICHARDIN. Er mag sein Kompliment für sich behalten. Von einem Flucher nehme ich keinen Gruß an. Er ist ein ehrvergeßner Mann, ich will ihn nicht geschimpft haben.

LORCHEN. Er hat einen großen porzellanen Aufsatz hergeschickt und läßt bitten, daß Sie ihn für das zerbrochene Kaffeeschälchen annehmen sollen. Geben Sie sich doch zufrieden, ich glaube, daß der Aufsatz über fünfzig Taler wert ist.

FRAU RICHARDIN. Nicht doch! Er wird mich gewiß wieder gutmachen wollen. Denkt denn Herr Simon, daß mir so viel an zeitlichen Gütern liegt? Hält er mich denn für so eigennützig, daß ich ein Kaffeeschälchen nicht vergessen kann? Ich dürfte den Aufsatz bald nicht annehmen. Wie hoch halten Sie ihn denn, mein liebes Lorchen?

LORCHEN. Ich glaube gern, daß er fünfzig bis sechzig Taler kostet. Er ist von dem feinsten Porzellan, und die Tassen haben alle Henkel.

FRAU RICHARDIN. Henkelchen? Das ist ja recht hübsch. Nur weil die Schälchen Henkelchen haben, so will ich das Geschenk annehmen. Er wird mir's doch aus gutem Herzen schicken, und da wäre es wohl Sünde: wenn ich's ausschlüge. Ist denn der Bediente von Herrn Simonen noch da?

LORCHEN. Ja, er wird noch zugegegen sein, wenn Sie mit ihm reden wollen.

FRAU RICHARDIN. Nein, mein liebes Lorchen, ich möchte mich nicht gerne vor ihm sehen lassen. Wenn ich mit ihm rede: so müßte ich ihm doch ein Trinkgeld geben, und der arme Mensch könnte nachmals bei seinem Herrn Verdruß davon haben, daß er's angenommen hättte.

LORCHEN. Er nimmt nichts, ich habe ihm schon etwas angeboten.

FRAU RICHARDIN. Sollte er nichts nehmen? Wenn ich nur klein Geld hätte, ich wollte ihm doch ein paar Dreier zu einer Kanne Bier geben. Denn wenn man ihm wenig gibt, so kann es sein Herr doch nicht übel nehmen, als wenn man ihm etwan einen halben Gulden gäbe. Es ließe, als wollte man das Geschenke bezahlen.

LORCHEN. Machen Sie sich keinen Kummer, Frau Richardin! Der Bediente des Herrn Simon wird ein Trinkgeld nicht so nötig brauchen.

FRAU RICHARDIN. Ja, das denke ich auch. Ich muß doch gehen, und mit ihm reden. Es dauert mich, daß ich ihm nichts geben darf. Wenn ich nur einzeln Geld hätte!

LORCHEN. Es ist nicht nötig; doch wenn Sie ihm etwas geben wollen, so werden auf dem Fenster in der kleinen Stube noch etliche Groschen von dem Marktgelde liegen, die können Sie ihm geben.

FRAU RICHARDIN. Marktgeld! Das möchte ich nicht gern angreifen. Es ist immer, als wenn kein Segen bei dem Ausgebegeld wäre, wenn man etwas davon nimmt. Sind es denn gute Accisgroschen.

LORCHEN. Nein, es ist nur gemein Ausgebegeld.

FRAU RICHARDIN. Es ist schade. Nein, gemein Geld will sich für einen solchen Bedienten nicht schicken. Es muß also bleiben.

LORCHEN. Vielleicht liegen auch etliche Accisgroschen dabei. Ich weiß es nicht so genau.

FRAU RICHARDIN. Aber, mein liebes Lorchen, es läßt mit dem guten Gelde auch nicht. Es sieht aus, als ob man kein Ausgebegeld in seiner Haushaltung hätte, das möchte ich doch auch nicht von mir gesagt wissen. Ich will ihm lieber nichts geben; so kommt der arme Mensch nicht in Verdruß. Was will denn Christiane? Diese könnte an meiner Statt den Bedienten abfertigen.

Dritter Auftritt

Die Vorigen. Christianchen.

CHRISTIANCHEN. Ach, liebe Mama, zürnen Sie doch nicht mehr auf Herrn Simonen. Er hat Ihnen recht viel schöne Sachen hergeschickt, recht sehr schöne Sachen.

FRAU RICHARDIN. Ist sein Bedienter noch da?

CHRISTIANCHEN. Nein, er sagte, er könnte nicht warten. Ich habe mich in Ihrem Namen bei Herr Simonen bedanken lassen.

FRAU RICHARDIN. Nun, das ist ja recht gut, daß du den Bedienten nicht aufgehalten hast, er möchte sonst bei seinem Herrn Ungelegenheit davon gehabt haben. Er ist doch auch gewiß wieder fort?

CHRISTIANCHEN. Ja, er ist fort. Herr Simon ließ zugleich Abschied von Ihnen nehmen, wenn er Sie etwa nicht wiedersehen sollte.

FRAU RICHARDIN. Der artige Mensch! Warum will er denn ohne Abschied fortgehen? Ich muß ja wegen deiner Heirat mit ihm sprechen. Schicke doch zu ihm, und laß ihn herbitten!

CHRISTIANCHEN. Mama, Herr Simon will mich nicht haben.

FRAU RICHARDIN. Ach! Warum wird er dich denn nicht haben wollen? Du bist ein einfältiges Kind, du verstehst es nicht. Warum hätte er denn ein so kostbares Präsent hergeschickt, wenn er dich nicht zur Frau verlangte? Nicht wahr, mein liebes Lorchen, Sie sind auch meiner Meinung?

LORCHEN. Ja, in diesem Stücke bin ich völlig Ihrer Meinung.

CHRISTIANCHEN. Aber, Mama, Sie haben mir ja verboten, Herr Simonen zu lieben. Sie widersprechen sich ja selber.

FRAU RICHARDIN. Nein, ich widerspreche mir nicht. Vorhin habe ich dir verboten, ihn zu lieben, und nunmehr gebiete ich dir, ihn zu nehmen. Es ist ein ganz hübscher Mensch, bei dem du keine Not haben wirst, wenn du sie dir nicht selber machst. Christiane, sieh hinaus, ob der Bediente etwan noch da ist. Ich muß doch die vielen Sachen ansehen, die ich zum Geschenke bekommen habe. Herr Simon muß gewiß ein recht gutes Herz haben, das seinen Fehler bald bereut. Je nun! Wir sind Menschen! Ich spreche immer, wir haben alle unsere Fehler, nur einer vor dem ändern. Wir müssen Geduld miteinander haben. Der Satan ist ein Tausendkünstler. Wie bald kann er uns nicht verfuhren, drum bete fein fleißig, meine liebe Christiane. Hörst dus? Bete und singe!

CHRISTIANCHEN. Es liegen bei dem Porzellan auch etliche geistliche Bücher, ich denke, das eine hieß Scrivers Seelenschatz. Herr Simon läßt bitten, Sie sollen es nicht übelnehmen, daß sie nicht eingebunden wären, er hätte sie nicht gebunden bekommen können.

FRAU RICHARDIN. Warum gibt er denn das Geld für Bücher aus? Ich habe Bücher genug, und ich bleibe bei den Büchern, an die ich mich von Jugend auf gewöhnt habe. Scrivers Seelenschatz! Es mag ein ganz hübsches Buch sein. Doch wozu brauche ich's? Wieviel muß es denn kosten? Vielleicht nimmt es mein Herr Gevatter, der Buchhändler, für ein billiges von mir an. Nunmehr wird der Bediente wohl fort sein. Ich will die Sachen ansehen. Christiane, bleibe du hier bei Lorchen, wenn etwa Herr Simon noch einmal herschicken sollte.

Vierter Auftritt

Lorchen. Christianchen.

CHRISTIANCHEN. Ach, mein liebes Lorchen, ich habe Ihretwegen eine ganze Viertelstunde die bittersten Tränen vergossen. Ich stund an der Türe und hörte zu, wie übel Ihnen die Mama begegnete. Sie meinen es aufrichtig mit mir, und meine Mama kann Ihnen vorwerfen, Sie verführen mich. Lassen Sie mich's nicht entgelten, meine liebe Freundin, Herr Simon wird Ihnen tausendmal mehr Vergnügen verschaffen, als Ihnen meine Mama Verdruß gemacht hat. Sie nehmen mich doch noch mit nach Berlin?

LORCHEN. Ja, meine liebe Christiane, wir reisen gewiß miteinander. Ihre Aufrichtigkeit wird mich zu allem in der Welt geschickt machen, was Sie nur von mir verlangen. Ich will Ihnen mit allem dienen, was in meinem Vermögen ist.

CHRISTIANCHEN. Wollen Sie denn auch meiner Mama vergeben, daß Sie so sehr von ihr sind beleidigt worden?

LORCHEN. Ja, mein Kind. Wir müssen stets so fertig zum Vergeben sein, als es andere sind, uns zu beleidigen. Und wenn kein Mensch in der Welt mehr großmütig wäre: so wollen wir es beide sein. Bittere Beschuldigungen anhören, ist eine große Marter für ein ehrliebendes Herz, allein sie nicht verdienet haben, ist ein weit größeres Vergnügen. Ich kann Ihre Mama nicht besser strafen, als daß ich das alles bleibe oder das werde, wofür sie mich nicht hält. Sie denkt, ich meine es nicht gut mit Ihnen. Doch sie wird erschrecken, wenn es der Ausgang zeigt, daß ich Ihr Glück dem meinigen vorgezogen habe.

CHRISTIANCHEN. Wie werden wir es aber anfangen, daß mich meine Mama mit Ihnen reisen läßt? Sobald sie hören wird, daß Sie Herr Simons Braut sind: so wird sie wieder böse werden und mich nicht reisen lassen.

LORCHEN. Dafür lassen Sie mich sorgen. Eins bitte ich Sie nur: wenn Herr Simon kommt und er wird bald da sein, so tun Sie nicht so furchtsam gegen ihn. Es fehlet Ihnen nicht an dem Vermögen, zu reden. Sie sind nur zu schüchtern und benehmen sich durch Ihre Furcht die Sprache. Herr Simon ist nicht mehr Ihr Bräutigam, sondern der meinige; also können Sie schon etwas freier und ungezwungener mit ihm umgehen. Wollen Sie es tun, mein liebes Kind?

CHRISTIANCHEN. Ja! Ich will recht aufrichtig und vertraut mit ihm reden. Aber werde ich nicht die Freundschaft beleidigen, wenn ich gegen Ihren Bräutigam freundlich tue? Ich bin ihm nunmehr recht herzlich gut, weil er mein Bitten erfüllte und Ihnen sein Herz schenkte. Er muß von Natur recht gütig und liebreich sein. Wie gut werden Sie nicht mit ihm auskommen! Die Mama konnte mir vorhin zumuten, ich sollte ihn hassen, weil sie ihn haßte, aber das tue ich in meinem Leben nicht.

LORCHEN. Nein, hassen Sie ihn nicht! Lieben Sie ihn als Ihren Freund. Je mehr Sie ihn werden kennen lernen, desto liebenswürdiger wird er Ihnen vorkommen.

CHRISTIANCHEN. Aber wenn er mich wieder küssen wollte, das darf ich ihm wohl nicht mehr erlauben, weil ich nicht mehr seine Braut bin? Er wird es auch wohl nicht tun.

LORCHEN. Diesen kleinen Eintrag in meine Rechte will ich Ihnen herzlich gern erlauben. Schlagen Sie ihm einen Kuß nicht ab, wenn er Sie darum bitten sollte. Sie sind ihm dieses Vergnügen für seine Liebe noch schuldig. Aber, mein liebes Kind, machen Sie auch, daß ich nicht zuviel dabei verliere. Sie sind schöner und reizender als ich.

CHRISTIANCHEN. Fürchten Sie nichts! Ich will lieber gar nicht mit ihm reden, wenn ich Ihnen etwa gefährlich sein sollte. Ich dächte nicht, daß ich eben so schön wäre. Gefalle ich Ihnen denn, mein liebes Lorchen?

LORCHEN. Sie gefallen mir, und wenn ich nicht irre, auch Herr Simonen mehr als zu sehr. Wie lange wird es werden; so bringen Sie mich um meinen Bräutigam!

CHRISTIANCHEN. Quälen Sie mich nicht! Wie dächten Sie, daß ich zu so einer Bosheit geschickt wäre? Ach nein, ich bin Herr Simonen gewogen, weil er Ihnen gewogen ist, und ich habe nunmehr das größte Vertrauen zu ihm.

LORCHEN. Wenn ich nun etwa bald sterben sollte, wollten Sie mir's wohl versprechen, ihn nach meinem Tode zu heiraten? Was meinen Sie?

CHRISTIANCHEN. O denken Sie doch nicht an den Tod! Ich höre gar nicht gern von dem Sterben reden. Der Himmel lasse sie noch lange leben.

LORCHEN. Aber wenn ich nun bald sterben sollte, wollten Sie ihn alsdann lieben?

CHRISTIANCHEN. Ja, weil Sie ihn geliebt haben, und weil er Sie geliebt hat, so würde ich ihn auch lieben und ihn zu meinem Manne nehmen. Lassen Sie aber die Gedanken vom Tode fahren; Sie machen sonst mich und Herr Simonen betrübt.

Fünfter Auftritt

Die Vorigen. Herr Ferdinand.

FERDINAND. Nun, wie steht's um unsere Sachen? Hat sich meine Frau Muhme bald zufrieden gegeben? Sie hat in unser Quartier geschickt und uns wieder herbitten lassen. Ich weiß nicht, was wir sollen, ob sie uns vielleicht noch einige Grobheiten sagen will, die ihr in der Hitze nicht gleich beigefallen sind. Herr Simon wird gleich auch zugegen sein.

LORCHEN. Meine liebe Christiane, gehn Sie doch, und empfangen Sie Herr Simonen. Führen Sie ihn nur gleich in Ihre kleine Stube. Die Mama möchte sonst empfindlich werden, wenn er erst zu mir käme. Aber tun Sie mir nicht gar zu freundlich mit ihm: ich sage es Ihnen. Mehr als drei- oder viermal dürfen Sie sich nicht küssen lassen. Kommen Sie nur her, ich will Ihnen ein Mäulchen geben, das können Sie Herr Simonen in meinem Namen wiedergeben: so behalten Sie doch ein gutes Gewissen.

CHRISTIANCHEN. Nein, das muten Sie mir nicht zu! Ich weiß nicht, warum Sie so mit mir scherzen. Warten Sie nur, ich will mich an Ihnen rächen und es Herr Simonen gleich wiedersagen. Ich bin recht froh, daß ich Sie so aufgeräumt sehe.

LORCHEN. Ja, das macht die Liebe und Sie, daß ich so zufrieden bin. Und ich will es Ihnen nur sagen, ich möchte Sie auch gern verliebt und gern so glücklich machen, als ich bin.

CHRISTIANCHEN. Itzt noch nicht. Lernen Sie mir nur die Liebe erst kennen. Wenn ich artiger bin, alsdann ist es Zeit genug. Ich höre jemanden, ich will gehen, es möchte Herr Simon sein.

LORCHEN. Geschwind, sehen Sie noch erst einmal in den Spiegel, ob Sie auch geputzt genug sind. Herr Simon gibt auf alles acht.

CHRISTIANCHEN. Er wird nicht sehr auf mich sehen. Wenn er auf seine Braut sieht, so kann er meine Fehler nicht wahrnehmen.

Sechster Auftritt

Lorchen. Ferdinand.

LORCHEN. Hörten Sie, was das lose Kind sagte? Sie kann wohl reden, wenn sie nur nicht so furchtsam wäre. Und sie wird in kurzer Zeit recht aufgeweckt und manierlich werden. Sie ist noch die bloße Unschuld.

FERDINAND. Ich habe das gute Kind niemals für einfältig gehalten. Ich will alles zu ihrer Erziehung anwenden; und ich bin versichert, daß sich der klügste Mann noch um sie Mühe geben soll. Wenn sie nur aus den Händen ihrer närrischen Mutter sein wird, so soll sie das liebenswürdigste Frauenzimmer von der Welt werden.

LORCHEN. Ja, wir wollen gewiß für sie sorgen. Sie hat mich glücklich gemacht, und ich denke, sie bald ebenso glücklich zu machen. Da kommt die Frau Muhme. Sieht sie doch so freundlich aus, als wenn sie zehn Taler in der Lotterie gewonnen hätte.

Siebenter Auftritt

Die Vorigen. Frau Richardin.

FRAU RICHARDIN. Willkommen, lieber Herr Vetter, willkommen! Es ist alles vergessen. Vergebet, so wird Euch vergeben. Mein liebes Lorchen, sei'n Sie so gut, und lassen Sie Anstalt machen, daß Herr Simon und der Herr Vetter diesen Abend einen Bissen Brot bei uns essen können. Ich muß doch heute meine geistliche Übungsstunde eingehen lassen, da ich so liebe Freunde bei mir habe. Herr Simon ist bei meiner Tochter. Sie mögen immer miteinander allein reden, ich will es ihnen nicht wehren. Sie sind doch vor Gott schon Eheleute. *Lorchen geht ab.*

Achter Auftritt

Frau Richardin. Ferdinand.

FERDINAND. Frau Muhme, glauben Sie denn, daß Herr Simon Christianchen noch heiraten wird? Ich glaube es nicht. Sie haben ihm ja den ganzen Handel aufgesagt.

FRAU RICHARDIN. Was reden Sie? Machen Sie mir das Herz nicht schwer. Nein, nein, meine Tochter ist ein ganz hübsches Mädchen, und Herr Simon ein hübscher Mann. Sie haben auch beide Geld, und also können sie einander schon heiraten.

FERDINAND. Ja, es ginge an, und es wäre angegangen; allem Sie haben ja alles rückgängig gemacht. Herr Simon hat sich zu einer ganz ändern Heirat entschlossen. Denken Sie denn, daß er sich so unhöflich begegnen läßt? Es ist ein angesehener, geschickter Mann. Er bekommt zehn Weiber aus den vornehmsten Häusern, wenn er sie nur haben will.

FRAU RICHARDIN. So? Also hat er meine Tochter nur in die Rede bringen wollen? Also will er sie sitzen lassen, der gottlose Mensch, und mich arme Frau vor der Zeit unter die Erde bringen? Solche Leute kann Er mir ins Haus führen, Herr Vetter, und fürchtet sich der Sünde nicht? Ich arme Witwe! Ja, ja, arme Witwen zu unterdrücken, das ist der Weltlauf.

FERDINAND. Was reden Sie wieder, Frau Muhme? Warum heißen Sie Herr Simonen einen boshaften Mann, und warum beleidigen Sie mich? Haben wir denn nicht beide die redlichsten Absichten gehabt? Und sind Sie nicht selbst schuld, daß Herr Simon von Christianchen abläßt?

FRAU RICHARDIN. Was? Ablassen will er? Nein, nun und nimmermehr, und wenn mein ganzes Vermögen daraufginge. Es müßte keine Gerechtigkeit mehr im Lande sein. Ich will gehn, soweit mich meine Füße und mein Gebet tragen. Ich will dem Landesherrn einen Fußfall tun. Ich will mir und meiner Tochter Recht schaffen. Ich will zu Gott um Rache schreien; ich will beten, daß es dem ehrlosen Simon nimmermehr wohlgehen soll. Ich will ... Ich arme Frau! Ja, alles dieses will ich tun.

FERDINAND. Frau Muhme, ich weiß nicht, wie Sie mir vorkommen. Können Sie denn nicht gelassen mit mir reden? Ich gehe den Augenblick aus Ihrem Hause, wenn Sie mir noch ein empfindliches Wort sagen. Ich kann Ihren Wandel und Ihre vielen Betstunden gar nicht zusammenreimen. Wenn man Sie reden und schmähen hört: so sollte man glauben, Sie hätten keine Religion, außer die Sie sich selber gemacht hätten. Und gleichwohl reden Sie so viel von Ihrer Andacht. Doch ich will billig sein und Ihre Ausschweifungen einer natürlichen Hitze und starken Wallung des Geblüts zuschreiben. Allein glauben Sie ja nicht, daß ich und Herr Simon Ihren Zorn anhören müssen. Der Weg, den wir hergekommen sind, steht uns alle Augenblicke wieder offen.

FRAU RICHARDIN. Lieber Herr Vetter, *Sie weint.* was soll ich aber anfangen? Nehmen Sie sich doch einer armen Witwe an! Raten Sie mir doch, Herr Simon, ein so steinreicher Mann, der fast eine Tonne Goldes im Vermögen hat, der will meine Tochter, meine einzige Tochter, nicht haben? Ach gerechter Himmel! Sie hat ja auf dreißigtausend Taler. Sie ist jung und schön und christlich erzogen. Sie hat ihm ja vor ein paar Stunden angestanden. Warum will er sie denn itzt nicht haben?

FERDINAND. Weil Sie gesagt haben, daß er sie nicht wert wäre, daß er sie mit Ihrem Willen nimmermehr bekommen sollte. Kurz, weil Sie ihm die größten Grobheiten unter die Augen gesagt haben.

FRAU RICHARDIN. Aber, ich habe es so böse nicht gemeint. Ich will meine Sünde noch heute verbeten. Ich will Herr Simonen die versprochenen fünftausend Taler gleich mitgeben. Ich will ihn von nun an für einen frommen Menschen halten und ihn alle Tage in mein Gebet einschließen. Ich will auch die Reisekosten bis Berlin für meine Tochter tragen. Ach, so gewissenlos wird er nicht sein, daß er meine arme Tochter sollte sitzen lassen! Was würde die böse Welt davon sagen? Würde sie die Schuld nicht auf mich schieben?

FERDINAND. Auf diese Art würde die böse Welt zum ersten Male wahr reden. Denn sind Sie nicht an allem Ursache? Die gute Christiane dauert mich selbst. Sie hätte in der Welt keinen bessern Mann bekommen können, als Herr Simon ist. Sein Reichtum ist das wenigste, was ich an ihm hochschätze. Sein Verstand und sein redliches Herz sind weit größere Schätze.

FRAU RICHARDIN. Ja doch! Sein Verstand und sein christliches Herz, das ist es eben, warum ihn meine Tochter nehmen soll. Und wenn er aller Welt Reichtümer besäße und hätte nicht so viel Religion: so bekäme er sie nimmermehr. Der liebe Mann hat mir mit allerhand geistlichen und erbaulichen Büchern ein Geschenk gemacht. Ja, wenn er mir eine Grafschaft geschenket hätte, er hätte mir keinen größern Gefallen tun können. Daraus sehe ich, daß er fromm ist und nicht bloß an dem Zeitlichen klebt. Meine Tochter wird bei ihm so gut aufgehoben sein, als bei mir selber.

FERDINAND. Liebe Frau Muhme, Sie haben zweierlei Sprachen, und ich weiß nicht, auf welche man sich verlassen soll. Eine klingt geistlich, und die andere ziemlich weltlich. Man sollte schwören, Sie müßten auch zwo Seelen haben: eine zum Beten und Singen, und eine zum Richten und Schelten. Doch das werden Sie am besten wissen. Es ist meine Profession nicht, einen Gewissensrat abzugeben. Indessen will ich mit Herr Simonen reden, ob er sich wohl entschließen kann, Ihr Schwiegersohn zu werden. Ich zweifle sehr daran, denn er hat ...

FRAU RICHARDIN. Ich zweifle keinen Augenblick. Ja, ich will eben daran erkennen, ob er ein rechtschaffen Herz hat, wenn er meine Tochter nimmt. Ich kann ihm zwar bei meinem Leben nicht mit vielem Gelde dienen, aber desto mehr mit meinem Gebete; und daran wird ihm mehr gelegen sein als an etlichen tausend Talern. Wir müssen ja alles zurücklassen, wenn wir sterben; aber das Gebet folgt uns mit ins Grab. Die böse Welt kann uns alles nehmen, aber die Andacht nicht. Ich arme Frau! wie lange wird es denn noch mit mir werden? Ja, lieber Herr Vetter, wenn Sie es nur sehen sollten, ich habe mir schon alle Kleider zurechte gelegt, die ich im Sarge tragen will. Sogar die Bretter zu meinem Sarge liegen schon da. Es sind feste und eichene Bretter, ich weiß nicht mehr, wieviel sie mich kosten. Ich habe sie von dem Gevatter Tischler statt der Interesse angenommen.

FERDINAND. Das ist alles gut. Ich will wünschen, daß Sie diese festen Bretter noch lange nicht brauchen und sie eher zu einem Brautbette als zu einem Sarge anwenden mögen.

FRAU RICHARDIN. Gott vergebe es Ihnen, Herr Vetter, daß Sie mit mir armen alten Frau so spotten. Ich könnte noch an das Heiraten denken? Schämen Sie sich doch! Es wird indessen schlimm genug sein, wenn meine Tochter aus dem Hause ist. Wer soll mich künftig in meinem Alter warten und pflegen? Keinen Mann habe ich, der mir an die Hand ginge, und so einen, wie mein seliger Herr war, kriege ich in meinem Leben nicht wieder. Nein, Herr Vetter, raten Sie mir ja nicht, daß ich wieder heiraten soll. Ein alter Mann ist unbehilflich, und ein junger hält micht nicht für gut und vertut mir das Meinige. Ach, denken Sie mir nicht an diese Schwachheit! Die Bretter sind zu meinem Sarge bestimmt, der soll mein Brautbette sein!

FERDINAND. Sie haben mich nicht recht verstanden, ich meinte zum Brautbette Ihrer Jungfer Tochter. Ich würde Ihnen nicht zur Ehe raten, Frau Muhme, da ich weiß, daß Sie in sechzig sind.

FRAU RICHARDIN. Warum nicht lieber in achtzig? Ich muß am besten wissen, wie alt ich bin. Es läßt sich mit meinen Jahren noch wohl halten, und meines Alters wegen könnte ich noch lange leben, wenn mich nicht Not und Sorge vor der Zeit ins Grab brächten. Ich bin alle Tage bereit zum Tode. Doch möchte ich nur noch einige Jahre leben, damit ich sähe, wie es meiner Tochter ginge, und ob sie mich auch mit wohlgeratenen Kindern erfreuen würde. Wenn sie nur nach Herr Simonen geraten, so bin ich schon zufrieden.

FERDINAND. Frau Muhme, wir wollen noch nicht von den Kindern reden; denn es stößt sich noch an die Kleinigkeit, ob Herr Simon Christianchen zur Frau haben will.

FRAU RICHARDIN. Davon bin ich überzeugt. Ich will gehen und den Bissen Essen zurechte machen lassen. Über Tische wollen wir die Versprechung zur Richtigkeit bringen.

Neunter Auftritt

Ferdinand. Simon.

SIMON. Wo ist denn meine Braut? Haben Sie noch nicht mit ihr gesprochen?

FERDINAND. Ja, ich weiß nicht, welche Braut Sie meinen; die erste oder die letzte? Ob Christianchen oder Lorchen?

SIMON. Wie können Sie doch fragen? Habe ich denn eine andere Braut als Lorchen?

FERDINAND. Bei Ihnen ist es freilich Lorchen: aber bei meiner Frau Muhme ist es Christianchen. Sie will uns zu Tische behalten, und da soll die Versprechung vor sich gehen. Und wenn Sie Christianchen nicht zur Frau nehmen: so will meine liebenswerteste Frau Muhme in eigener hoher Person ins Konsistorium laufen, all ihr Vermögen daransetzen und, wenn dieses nicht hilft, Sie durch ihr Gebet in das entsetzlichste Unglück beten.

SIMON. Die Frau weiß nicht, was sie will. Sie kann tun, was ihr gefällt. Lorchen ist meine Braut, und Christianchen dauert mich. Sie hat itzt wieder mit mir gesprochen und recht artig getan. Sie ist wirklich nicht sowohl einfältig als furchtsam. Sie hat recht mit mir gescherzt und Lorchen bei mir auf eine lose Weise verklagt. Freilich hat sie mir nichts Sinnreiches gesagt; aber sie wußte es doch mit einer guten Miene vorzubringen. Sie bedankte sich recht zärtlich bei mir, daß ich auf ihr Bitten Lorchen hätte zu meiner Braut erwählen wollen. Ich hätte lieber über ihre Unschuld geweint. Doch, Herr Ferdinand, wo ist denn Lorchen? Haben Sie noch nicht mit ihr gesprochen?

FERDINAND. Hier kommt sie gleich.

Zehnter Auftritt

Die Vorigen. Lorchen. Christianchen.

LORCHEN. Hat mich Christianchen bei Ihnen verklagt, Herr Simon?

SIMON. Jawohl, meine liebe Braut; und ich wollte bitten, daß Sie sich selber eine Strafe auferlegten, damit ich es nicht in Christianchens Namen tun müßte.

LORCHEN. Das ist doch ganz artig. Sie trauen der losen Christiane und verdammen mich, ohne mich gehört zu haben. Bei wem soll ich mich denn über Sie selbst beklagen? Bei der kleinen Christiane? Ja, ja, da würden Sie mit einer sehr leichten Strafe davon kommen.

CHRISTIANCHEN. Mein liebes Lorchen, ich habe nichts mehr gesagt, als was wahr ist. Ich hätte gern noch etwas dazugesetzt; aber ich konnte es nicht über das Herz bringen. Ich habe Sie gar zu lieb. Ich will es Ihnen auch gestehen, daß mir Herr Simon ... doch er mag es Ihnen selber sagen.

LORCHEN. Ich höre es schon, mein Herr Bräutigam wird Ihren kleinen Mutwillen mit etlichen Mäulchen bestraft haben, und Sie werden sich diese harte Bestrafung haben gefallen lassen. Sie sagen nichts, Herr Simon? Soll ich etwan auch stilleschweigen und Ihre erste Untreue gleich mit Gelassenheit ansehen?

CHRISTIANCHEN. O reden Sie doch nicht von der Untreue! Sie haben mir es ja selbst befohlen. Herr Simon liebt Sie von Herzen, und wir haben von nichts als von Ihnen gesprochen. Er hat Ihnen die größten Lobsprüche beigelegt, und ich auch. Wenn ich von Ihnen rede, so werde ich recht beredt.

SIMON. So, meine liebe Christiane! Immer verteidigen Sie mich bei meiner Braut. Sie sehn wohl, daß sie eifersüchtig auf Sie ist. Aber, liebste Eleonore, wir wollen die wenigen Augenblicke noch zu einigen Beratschlagungen wegen unserer morgenden Abreise anwenden. Weiß es denn die Frau Richardin, daß Sie meine Braut sind? Wird sie auch ihre Christiane mit Herrn Ferdinanden reisen lassen?

CHRISTIANCHEN. Wie? Herr Simon! Ich soll nicht mit Lorchen reisen, und nur mit Herr Ferdinanden? Ist dieses Ihr Versprechen? Das hätte ich Ihnen nicht zugetraut.

SIMON. Nein, mein liebes Kind, Sie reisen mit uns, und was Sie in Berlin verlangen, das soll zu Ihren Diensten stehen.

FERDINAND. Sie sollen meine Tochter sein, und ich will Ihnen mehr halten, als ich verspreche. Ich mache mir eine Ehre daraus, ein Frauenzimmer in meinem Hause zu haben, das so angenehm und sittsam ist, als Sie sind. Sie wissen es nicht, wie liebenswürdig Sie Ihre Unschuld macht; und desto mehr verdienen Sie, hochgeschätzt zu werden. Jungfer Lorchen und meine Frau sollen alles zu Ihrem Umgange und zu Ihrem Vergnügen beitragen.

LORCHEN. Ich will nichts weiter sagen, meine liebe Christiane. Genug, Sie sollen bald sehen, daß mir Ihre Zufriedenheit so lieb, wo nicht gar noch lieber, als die meinige ist.

CHRISTIANCHEN. So wollen wir immer gehen, die Mama wird ganz gewiß schon mit dem Essen auf uns warten. Herr Simon und Herr Ferdinand, ich verlasse mich auf Ihren Fürspruch. Nehmen Sie es nur nicht übel, wenn die Mama wieder verdrießlich werden sollte. Sie meint es nicht so böse.

SIMON *zu Lorchen.* Also kommen Sie, meine liebe Braut! Wir wollen sehen, wie wir mit der Frau Richardin auseinanderkommen. Ich habe noch für ein größer Präsent gesorgt, sie wird sich schon befriedigen lassen.

LORCHEN. Meine liebe Christiane, gehen Sie immer voran! Wir wollen gleich nachkommen. Tun Sie nur indessen gegen die Mama, als ob Herr Simon noch Ihr Bräutigam wäre. Wir wollen es nach dem schon machen. *Sie geht ab.*

Elfter und letzter Auftritt

Die Vorigen.

LORCHEN. Ich habe noch ein Wort mit Ihnen zu reden, Herr Simon. Sie sind so großmütig gewesen und haben mich zu Ihrer Braut erwählt, und ich gestehe Ihnen, daß ich mir kein größer Glück in der Welt wünsche, als die Frau eines so edelgesinnten Mannes zu sein. Ich gebe Ihnen hiermit die aufrichtigste Versicherung, daß ich Sie liebe. *Sie küßt ihn.* Allein ich höre auch mit diesem Geständnisse auf, die Ihrige zu sein. Ihr Herz war nicht für mich, sondern für Christianchen bestimmt, und je mehr Vergnügen ich in der Ehe mit Ihnen würde genossen haben, desto unruhiger würde ich geworden sein, daß ich meiner Freundin so viel entzogen hätte. Werfen Sie mir nicht vor, daß ich zu zärtlich in der Freundschaft bin. Ich will lieber durch den Überfluß der Freundschaft fehlen als durch den Mangel.

SIMON. Um des Himmels willen, was fangen Sie mit mir an? Wozu bringen Sie mich? Ist mir denn alles in der Liebe zuwider?

LORCHEN. Lassen Sie mich ausreden, so werden Sie hören, ob ich Ihnen unrecht tue. Sie haben mich gewiß aus der besten Absicht gewählt, und ich glaube, daß ich Ihr Herz einigen von meinen Eigenschaften zu danken habe. Allein überlegen Sie wohl, ob nichts mehr als die Liebe an dieser Wahl Anteil hat? Der Verdruß, den Sie mit der Frau Richardin gehabt, hat sich gewiß ohne Ihr Wissen mit in das Spiel gemengt. Sie schlug Ihnen Christianchen ab, und gleich darauf trugen Sie mir Ihr Herz an. Ich mache Ihnen keinen Vorwurf: ich will Ihnen auch Ihre Liebe zu mir nicht verdächtig machen. Ich will nicht sagen, daß sie zu geschwind entstanden ist. Nein, ich will es anders ausdrücken. Ich glaube nicht, daß ich so viel Reizungen besitze, daß ich in so kurzer Zeit mir Ihre Liebe zu eigen machen könnte. Gesetzt auch, daß sie noch so gegründet wäre, so bleibe ich doch bei meinem Vorsatze. Ich habe alles wohl überlegt. Ihr Herz gehört niemanden als Christianchen. Sie verdient es, wo nicht mehr, doch ebensowohl als ich. Sie hat es aus Liebe zu mir nicht annehmen wollen, und um mich glücklich zu machen, hat sie später glücklich werden wollen. Sie liebt Sie, ohne es zu wissen, und Sie können nach meinem Urteile nicht glücklicher wählen als bei Christianchen. Bleiben Sie also bei Ihrem ersten Entschlusse! Sie sind nicht unbeständig gegen Christianchen gewesen, denn Sie haben ihren Wert nicht genug gekannt. Ich begleite Christianchen nach Berlin. Sie lebt noch ein Jahr bei mir, ehe Sie sich mit ihr vermählen. Es steht bei Ihnen, ob Sie meinem Rate folgen wollen, der die aufrichtigste Absicht zum Grunde hat. Genug, ich bin nicht mehr Ihre Braut, sondern Ihre gute Freundin.

SIMON. Liebste Eleonore, in welche Bestürzung setzen Sie mich! Ich weiß nicht, – Ist es denn nicht möglich, daß Sie mich lieben können?

LORCHEN. Ich will Ihnen die Mühe nicht machen, mich weitläuftig zu widerlegen. Ich will unrecht haben. Ich glaube, daß ich Sie beleidige, und daß Sie sich dergleichen fremden Antrag niemals vermutet haben. Allein ich wiederhole es: Entweder Christianchen ist Ihre Braut, oder keine von uns beiden.

FERDINAND. Ach, Lorchen! Wozu bringen Sie Herr Simonen? Übereilen Sie sich doch nicht, ich bitte Sie!

LORCHEN. Ich übereile mich nicht. Antworten Sie mir, mein lieber Herr Simon. Ist Christianchen Ihre Braut, und soll ich mit ihr nach Berlin reisen?

SIMON. Lassen Sie mich doch nur von meiner Bestürzung zu mir selber kommen! Sie verfahren gewiß zu strenge mit mir. Ich weiß ja nicht, ob die unschuldige Christiane sich entschließen kann ... Also darf ich mir keine Hoffnung machen, Sie zu besitzen, meine Eleonore? Verdiene ich nicht länger als etliche Augenblicke von Ihnen geliebt zu werden? Bin ich denn in einem Traume oder schlagen Sie mir wirklich Ihr Herz ab? Darf ich gar nicht mehr hoffen?

LORCHEN. Nein, Sie dürfen nicht mehr hoffen. Beruhigen Sie sich, wenn ich Ihnen gestehe, daß es mir so sauer ankommt, dieses zu sagen, als es Ihnen sein kann, es anzuhören. Genug, ich opfere die Liebe der Freundschaft auf, mein Herz mag dawider sagen, was es will. Sie gehören Christianchen zu, und ich will mich vollkommen glücklich schätzen, wenn Sie dieses liebenswürdige Kind von meiner Hand annehmen. Sie liebt Sie gewiß; allein sie hat aus Liebe zu mir mich durch Sie glücklich machen und sich selber vergessen wollen. Ich bin also nicht einmal so großmütig als Christianchen. Was ich tue, ist nur eine Belohnung oder eine Erkenntlichkeit für die Freundschaft, die sie mir freiwillig erwies. Erfüllen Sie meine Bitte, lieber Herr Simon, und nehmen Sie meine unschuldige Freundin von mir an. Ich reise mit ihr nach Berlin, und es bleibet bei meinem Versprechen. Geben Sie diesen Abend Ihr Wort von sich, und verschieben Sie das Hochzeitsfest noch ein Jahr! Ihre Ehe wird alsdann ein Beispiel der besten Ehe sein. Denken Sie nicht mehr an mich; sondern von diesem Augenblicke an an Christianchen. Ich bitte Sie bei der Zuneigung, die Sie mir heute geschenkt haben, denn ich weiß nichts Kostbarers.

SIMON. Ich kann nichts weiter sagen, als daß ich Christianchen von Ihrer Hand annehmen und Ihre Großmut und mein Schicksal zeitlebens bewundern werde. Ach, Herr Ferdinand, wer hätte diesen Ausgang vor einer Stunde vermutet? Ich gehorche dem Verhängnisse und der Liebe. Christianchen sei zum ändern Male meine Braut und auf ewig die Meinige. Wird sie mich auch lieben? Wie unruhig ist mein Herz, wenn es liebt, und was ist gleichwohl süßer als die unschuldige Liebe? Liebste Eleonore, glauben Sie wohl, daß Christianchen mich liebt?

LORCHEN. Ja. Sie liebt Sie, Herr Simon, und ich freue mich über den glücklichen Ausgang Ihrer Liebe. Ich will mit Christianchen reden; verlassen Sie sich auf mich und auf Ihren eignen Wert. Wie zufrieden will ich sein, wenn ich Sie beide in dem Glücke sehe, das Sie verdienen, und wenn ich den süßen Gedanken mit mir herumtragen kann, daß ich zu diesem Vergnügen etwas beigetragen habe! Kommen Sie, wir wollen zur Frau Richardin gehen, sie wird diesen guten Erfolg mehr als einmal ihrem Gebete zuschreiben.

FERDINAND. Das heißt Großmut! Das heißt Freundschaft! Wenn doch viele solche weltlich gesinnte Frauenzimmer in der Welt wären wie Lorchen und Christianchen und keine einzige so heilige Frau wie meine Frau Muhme, die Betschwester! Lorchen, ich habe kein Kind. Sie sind meine Tochter. Nehmen Sie die fünftausend Taler von Herrn Simonen nicht an. Ich will Sie allein glücklich machen. Kommen Sie, meine liebe Tochter, wir wollen gehen. *Er nimmt sie bei der Hand, und sie küßt ihm die Hand.*

LORCHEN *zu Simonen.* Erlauben Sie mir das Vergnügen, daß ich Sie zu Ihrer Braut führen darf. Das gute Kind wird recht erschrecken.